中華書局

之間

區仲桃——著

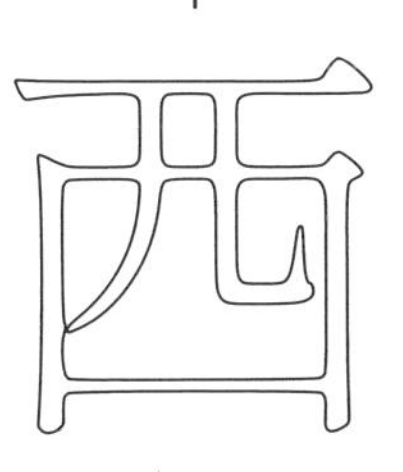

梁秉鈞的中間詩學論

文化香港叢書

即使白雲美麗你也不能住在裏面
機翅吞沒了
　　屋宇
　　　山脈
　　　　和海灣
熟悉的城市遠了
　　　進入白雲
美麗你也不能住在裏面
台北、東京、火奴魯魯
看盡人間的黑暗與燦爛
我們已飛到黑暗的隧道盡頭
睡過又醒來
　　　然後光亮了
前面一脈嫣紅
　　　微黃
　　　　粉藍
黑暗撕開又縫合
　　　　藍色漸漸稀淡了
背後的人情遠了

我拿着一卷喜愛的墨迹
　　卻是進入無人的空中
行囊中的唐詩
　　　化成陌生星球的碎片
雲變成岩石
　　　岩石再軟化成雲
絮絮片片，東邊日出
西邊雨，道是無晴卻有晴
夜泊東京的高空
沒有鐘聲
　　　　　到客船
驛站窗外一株株樹往後移

旅途中人們睡了又醒
往那兒去呢
喝茶，喝酒
　　　微醉了
窗外微微有雨
不，沒有雨
只是落着石頭
藍色已稀薄得看不見了
　　　　　　又沒入黑暗
睡覺吧
　　忘掉一切
不，你要回到地面
　　　　出閘
拿着世界的證件
　　　　等待
你提一生沉重的行李
來自不同國家的負累
天亮了
不，雞還沒有啼
火奴魯魯的藍天在民航機翅下
南邊有溫暖的陽光北方有雪
你來了又去了
但願在有雪的地方又怕雪傷害你
現在你穿着過多的衣服你流汗
並不如想像的自由
你好像越過了空間又跨過了時間
到頭來你還是局促在座位上

你飛翔
　又落下成爲積雪
你舉起杯
　　杯中冰塊不溶
春天來時雪就溶了
春天什麼時候來呢
杯子的溫涼裏有人間的晴雨
各自東西流去
窗外宇宙的花樹化爲銅柱
在你抵達的驛站上
發出金屬冷冷的聲音
你還在找尋
在那還未成形的早晨的雲霞之間
黃色顯現又漸漸隱去
一團團的微紅的光
在前面在前面
一個好晴天
舊歲隨着一個喝盡的酒杯拋去哀愁嗎
春天會帶來物色新鮮嗎
可是我又記得
尋常的日子我們在人世的關連
淡素的雲海
　　　要去作人間的雨嗎

我在看我在等待

雲上的光說晴天在前面了

但爲什麼我又只見到街頭永不消溶的積雪

春來雪就溶了

而我是在一個沒有季節的空間航行

前面只是無晴的空漠

伸出手抵到玻璃是寒冷的

人們搞動沉濁的睡眠

從日到夜

　　從春天到冬天

都掉失在

　　雲堆外

夜半

　沉沉的馬達聲

　　　　獨自響着

爲什麼把落花吹來呢

我能把春天帶給冰雪嗎

還是冰雪會令我凝結

臨着泉水

還有垂楊拂着酒杯呢

不，有人把酒杯收去了

沉默

你看着外面安靜的荒涼

雲影變幻

顏色瞬息消逝

即使白雲美麗你也不能住在裏面的

〈雲游〉—— 梁秉鈞

目錄

「文化香港」叢書總序

「序以建言，首引情本。」在香港研究香港文化，本應是自然不過的事，無需理由、不必辯解。問題是香港人常被教導「香港是文化沙漠」，回歸前後一直如此。九十年代後過渡期，回歸在即，香港身份認同問題廣受關注，而因為香港身份其實是多年來在文化場域點點滴滴累積而成，香港文化才較受重視。高度體制化的學院場域卻始終疇畛橫梗，香港文化只停留在不同系科邊緣，直至有心人在不同據點搭橋鋪路，分別出版有關香港文化的專著叢書（如陳清僑主編的「香港文化研究叢書」），香港文化研究方獲正名。只是好景難常，近年香港面對一連串政經及社會問題，香港人曾經引以為傲的流行文化又江河日下，再加上中國崛起，學院研究漸漸北望神州。國際學報對香港文化興趣日減，新一代教研人員面對續約升遷等現實問題，再加上中文研究在學院從來飽受歧視，香港文化研究日漸邊緣化，近年更常有「香港已死」之類的說法，傳承危機已到了關鍵時刻。

跨科際及跨文化之類的堂皇口號在香港已叫得太多，在各自範疇精耕細作，方是長遠之計。自古以來，叢書在文化知識保存方面貢獻重大，今傳古籍很多是靠叢書而流傳至今。今時今日，科技雖然發達，但香港文化要流傳下去，著書立說仍是必然條件之一。文章千古事，編輯這套叢書，意義正正在此。本叢書重點發展香港文化及相關課題，目的在於提供一個平台，讓不同年代的學者出版有關香港文化的研究專著，藉此彰顯香港文化的活力，並提高讀者對香港文化的興趣。近年本土題材漸受重視，不同城市都有自己文化地域特色的叢書系列，坊間以香港為專題的作品不少，當中又以歷史掌故為多。「文化香港」叢書希望能在此基礎上，輔以認真的專題研究，就香港文化作多層次和多向度的論述。單單瞄準學院或未能顧及本地社會的需要，因此本叢書並不只重純學術研究。就像香港文化本身多元並濟一樣，本叢書尊重作者的不同研究方法和旨趣，香港故事眾聲齊説，重點在於將「香港」變成可以討論的程式。

有機會參與編輯這套叢書，是我個人的榮幸，而要出版這套叢書，必須具備逆流而上的魄力。我感激中華書局（香港）有限公司，特別是副總編輯黎耀強先生，對香港文化的尊重和欣賞。我也感激作者們對本叢書的信任，要在教研及繁瑣得近乎荒謬的行政工作之外，花時間費心力出版可能被視作「不務正業」的中文著作，委實並不容易。我深深感到我們這代香港人其實十分幸運，在與香港文化一起走過的日子，曾經擁抱過希望。要讓新一代香港人再看見希望，其中一項實實在在的工程，是要認真的對待香港研究。

朱耀偉

序——遇見

記得最早遇上也斯（梁秉鈞）是透過他在《中國學生周報》和《大拇指》發表的作品。後來對比較文學生了好奇，於是找了梁秉鈞編譯的《美國地下文學選》和《當代拉丁美洲小説選》來看。期間，還被也斯參與編選的《香港青年作家小説選》和《香港青年作家散文選》吸引着，我和香港文學的因緣大概始於那時。

碰見也斯是他從美國學成歸來後的事。詩人來了香港大學任教，他和我當時的指導老師陳炳良先生一見如故，兩人致力推動現當代文學和香港文學研究，舉辦大大小小的學術活動，我就在活動與活動之間認識了也斯。只是當時也斯和陳老師不是忙着籌備活動，便是要應付校內校外對香港文學的挑戰，我們並沒有太多機會聊天。

略過許多後來同框的學術內外各種場合，真正遇見也斯竟然要在一個積雪的冬天。那年我們先後到哈佛大學訪學。有個多月時間聚在一起詳談，也斯對香港文學的知識及熱誠讓我深受觸動。回港後我們又各自忙碌。我窗外換了一幅風景，由觀海變成看山。文學探索之旅亦順流而下，終於回家了。在大埔的歲月裏，我們開香港文學的課、編纂《香港文學大系》、辦香港文學讀書會。期間，我對香港文學有了更深入的理解，亦對也斯的情懷、抱負及難處有更深刻的感受；而也斯，也時常在香港文學研究上給我助力。每當我們舉辦與香港文學或文化有關的活動時，都想到邀請也斯。

也斯到大埔出席活動時，有兩次和區仲桃同場，讓我看到詩人率性的一面。其中一次也斯是講者，座上包括大學最高層，演講前也斯把區仲桃拉到我面前，竟然向我作介紹，然後也不管校方的座位安排，把她拉到自己旁邊。有趣的情境在他們第二次同場時再次出現。那次我們舉辦的香港文學讀書會，由區仲桃主講《後殖民食物與愛情》，邀請了也斯作對談嘉賓。那天我有公務在身，從外面趕回來時，聽到他們兩人正在爭論小說中一些情節上的問題。正當我猶豫着要不要充當和事佬之際，也斯已自動在打圓場了。

也斯離開後，區仲桃說要系統地研究也斯。不久，我聽她說要為也斯寫書，只是沒有想到是一年內出版兩部研究也斯的專著，而且切入點完全不同。英文的一本（*The Hong Kong Modernism of Leung Ping-kwan*）將也斯放在現代主義文學思潮裏，讓他和香港文學在國際文壇上演出，為「香港現代主義」立項。《東西之間：梁秉鈞的中間詩學論》把也斯作品中包含的香港特質——混雜古今中外文化——發揮得淋漓盡致。書中幾乎每一個話題，例如抒情傳統、詠物傳統、魔幻現實主義、旅遊文學、都市漫遊者等，前面都可以冠上「香港」一詞，作為日後這方面議題研究的參照點。

區仲桃把那次《後殖民食物與愛情》讀書會的講稿整理成一篇短文，也斯在文章的結尾部分附加了回應，我借詩人的文字作結：「多謝區仲桃老師精彩的批評。」是為序。

陳國球

引言

梁秉鈞的中間詩學

梁秉鈞（也斯，1949－2013）、[1] 葉輝、張美君和洛楓在《形象香港》再版的前夕進行了一次對談（2012 年）。席間，葉輝用「in-between（中間）的狀態」來概括梁秉鈞游詩的特色：

> 「游」這個概念，是從此時到達彼時、從此地到達彼地，尤其〈雲游〉寫人在飛機上的過程，那是一種 in-between（中間）的狀態，既不在此亦不在彼，卡在中間，不知身在何方。這份「中間狀態」相當適合閱讀文學、尤其詩，特別是游詩：在東與西之間，我們上下求索，並不一定是尋找最終的極端，而是在東西之間被拉扯，尋找適合自己言說的方式。換另一個說法，既不是絕對的積極也不是絕對的消極，既不是絕對的有也不是絕對的無，只是在既非此也非彼的處境中尋索自己的意義。[2]

這段對談很有趣，根據當日的記錄，與會者並沒有回應葉輝提出的「中間」狀態，便直接轉入另外的話題。事實上，葉輝在那次對談後進一步探討這個話題，先後出版了一部名為《Metaxy：中間詩學的誕生》的論文集和寫了一篇題為〈「與」的「中間詩學」：重讀青年也斯的散文〉的文章，開宗明義為「中間詩學」立項。他在題記裏除了提到上述關於旅遊詩中所呈現的中間狀態外，更多是以梁秉鈞的詠物詩來說明。其中亦有引述詩人對詠物詩的一些看法，說明了梁秉鈞對物與人「中間」和「之間」的關係很感興趣。梁以他早年一首詠物

---

1 梁秉鈞（筆名也斯，Yasi，Ye Si），1949 年 3 月 12 日於廣東出生。池上貞子在〈抗衡越界之歌——淺談也斯日語詩集《亞洲的滋味》〉（見陳素怡主編：《僭越的夜行》，下卷［香港：文化工房，2012］，頁 623），及拙作 *The Hong Kong Modernism of Leung Ping-kwan* (Lanham, MD: Lexington Books, 2020) 的頁 8 中，分別提到梁秉鈞的出生年月為 1949 年 4 月。感謝蔡元豐教授向吳煦斌女士（Ng Hui Bun）求證，確定詩人的出生日期為 3 月 12 日，同時亦更正了拙作中吳煦斌名字的英文拼音。

2 Leung Ping-kwan, *City at the End of Time*. Ed. and Introd. Esther M. K. Cheung (Hong Kong: Hong Kong University Press, 2012), pp. 262-263.

香港著名詩人梁秉鈞，筆名也斯。王禾璧攝於 2010 年。

（照片由吳煦斌提供）

詩〈鳳凰木〉為例說明人和物之間的一些想像：

> 我一直對詠物詩很有興趣，現代的「物」以及人與物之間的關係比以前複雜，〈鳳凰木〉是以詩人的觀點描寫樹木（即「你」），但到了詩末，卻變了以樹木的眼睛回看詩人。我覺得人與物之間可以有許多不同的關係。[3]

兩種事物（或者是人與物）並置在一起所能帶出的另一重新意思，是葉輝和梁秉鈞至感興趣的地方。葉輝進一步補充道：人們總是喜歡把複雜的議題簡單化。他以毛姆（William Somerset Maugham）的小說《月亮與六便士》（*The Moon and Sixpence*）為例，點出人們經常強調「月亮」的重要性，以至於忽略了「六便士」的意義。更值得注意的是葉輝提出這種忽略會導致更重大的損失，那就是會忽略了「兩者之間還有另一些未被開顯的意涵，以及張力」。[4] 到底這種兩者之間的意涵可以包括什麼呢？可惜葉輝並沒有說明清楚。

雖然梁秉鈞並沒有直接參與「中間詩學」的討論，但是當詩人談及自己的創作過程和動機時，他的出發點不單與葉輝的「中間詩學」不謀而合，而且與法國哲學家及漢學家朱利安（François Jullien）的「間距」觀念（the theory of interspace）有相通的地方。梁秉鈞談及自己寫香港和創作的過程時指出：

3　葉輝：《Metaxy：中間詩學的誕生》（香港：川漓社，2011），頁 xiii。
4　同上，頁 xiv。

> 70 年代在尋找各種方法寫香港，往大陸、台灣或其他地方旅行回來更是想寫香港……我寫了不少其他地方、其他文化，希望通過了解別人來了解自己。70 年代的詩放在 80、90 年代看，有一個新的脈絡、新的歷史角度，也許是有趣的。[5]

詩人在引文中透露了他以香港入詩時，其實是透過把香港和其他地方和文化、七十年代和其他年代並置，然後得出新的和有趣的角度來了解香港。換言之，梁秉鈞是有意識的透過建立一段距離來寫香港的。詩人這種意念（包括葉輝的「中間詩學」）和朱利安的「間距」概念，尤其在具體落實方面不謀而合，即透過了解其他文化以達到更了解自己的文化的目的。翁文嫻在〈自法國哲學家朱利安「間距」觀念追探——也斯在中國詩學上打開的「間距」效果〉這篇文章中直接指出了朱利安的「間距」概念和梁秉鈞的詩學共通點，兩者特別認同透過「繞道遠方，才能重新認識『熟悉』的事物」[6]。而且他們都認同「每種文化需靠遠距離的新鮮事物，撥開其被同化很久的『思想的皺摺』，才會面對自身的突破和檢視。因此，『間距』作用時，不是分析性的，而是有動能的；所凸顯的不是認同，而是孕育力」。[7]

朱利安年青時是學希臘學的，當他思索如何更好地了解西方文化的根時，他想到透過理解另一個相對應的文化體系（即是「繞道遠方」），能令他更好的了解希臘學。朱利安選了中國文化作為希臘文

5　Leung Ping-kwan, *City at the End of Time*, p. 229.

6　翁文嫻：〈自法國哲學家朱利安「間距」觀念追探——也斯在中國詩學上打開的「間距」效果〉，《臺大中文學報》，第 63 期，2018 年 12 月，頁 164 。

7　同上。

化的對應體系。結果透過把兩個歷史悠久的文化體系並置在一起，放在一段距離中觀察，他發現了自己的文化中有一些長期被遮蔽了的盲點或者「思想皺摺」，由此而孕育出新的觀點來。[8]

本書認同梁秉鈞的作品中呈現了一種「中間狀態」的特色，而且除了在旅遊作品裏帶出了家（出發地點）與目的地之間的話題外，詩人在處理其他題材時同樣顯現了對這種「中間狀態」的濃厚興趣。例如，梁秉鈞在傳統（包括抒情傳統與詠物傳統）和現代之間、拉美魔幻現實主義與香港魔幻現實主義之間、巴黎的都市漫遊者（flâneur）與香港的漫遊者之間、家居與旅行之間，以至食物與人之間等開拓了一種新的角度。本書將透過七章的內容對上述提到的各種「中間狀態」進行詳細分析及闡釋，旨在系統地把梁秉鈞作品（詩和小說）裏這種詩學特色——借用葉輝的詞彙「中間詩學」（the poetics of inbetweenness）——呈現出來。

這七章以梁秉鈞的作品為分析對象，從下列不同方向切入梁秉鈞的中間詩學，探討的題材環繞於「東西」這個詞彙所包含的兩種可能：作為事物與事物之間，或東方與西方相關思潮和概念之間的比較。這些題材包括——第一章〈抒情傳統〉、第二章〈詠物傳統〉、第三章〈魔幻現實主義〉、第四章〈旅遊文學〉、第五章〈都市漫遊者〉、第六章〈家居與旅行〉，以及第七章〈食物與人〉。

---

8 有關朱利安的「間距」觀念可以參考朱利安著，卓立、林志明譯：《間距與之間：論中國與歐洲思想之間的哲學策略》（台北：五南文化出版公司，2013）。

第一及第二章主要探討的是傳統與現代之間的關係。在中國文學傳統中，梁秉鈞最關注的是抒情及詠物兩大傳統。在第一章〈抒情傳統〉裏，我們可以看到詩人如何嘗試將抒情轉化到現代詩歌裏。「怎樣去寫現代的抒情詩」一直是梁秉鈞關心的問題，詩人透過他最後一部詩集《普羅旺斯的漢詩》的壓卷之作〈詩經練習〉，回到抒情傳統的源頭《詩經》，通過「重寫」《詩經》的部分作品，清楚告訴我們他認為現代抒情有另外一些可能，並不一定是傷春悲秋的。第二章〈詠物傳統〉繼續探討傳統和現代之間的關係，但這一章在討論人和物的關係時，除了觸及中國古代對物的概念在現代的轉化外，亦由於現代人和物的關係受西方物質文明影響較大，所以亦涉及現代西方對物的看法。〈聊齋〉組詩是梁秉鈞用來探討古今中外物我關係的一次嘗試。現代西方文明中，人不如物的觀念和蒲松齡在《聊齋誌異》的主張暗合，值得我們深思的是詩人在改寫的過程中傾向強調物不如人。這一章將透過分析〈聊齋〉組詩中的變形主題來說明梁對物我關係的看法。

第三、四和五章是通過分析梁秉鈞的作品，對東方與西方文學思潮、文類或話題作比較。第三章〈魔幻現實主義〉以拉美魔幻現實主義作為參照點，分析《養龍人師門》中的魔幻現實主義元素和拉美的異同。值得注意的是梁秉鈞自《剪紙》（1977 年）以後便沒有再用魔幻現實主義手法了，這一章將說明箇中原因主要和七十年代香港還沒有本土文化有關。第四章是關於旅遊文學的討論。遊記曾經作為殖民者建構殖民地擴張計劃的其中一種重要文類，長期以來只聽到白人殖民者／旅行者的聲音，這種情況到了近年，特別是進入了後殖民時期，變得眾聲喧嘩，其中被殖民者的遊記相對受到重視，出現了所謂「反遊記」（*Counter*travel），着意對傳統殖民者遊記的一種反撥及挑戰。香港的旅遊文學在這種文學生態變化中還沒有正式加入討論，這一章通過分析梁秉鈞三部跟旅遊有關的作品，《布拉格的明信片》、《記憶的城市．虛構的城市》及《後殖民食物與愛情》，發現梁秉鈞的遊記呈現了一種跟現代遊記及「反遊記」不同的類型，從中凸顯了香港文化的特色。第五章〈都市漫遊者〉以漫遊者這個話題切入，透過比較波特萊爾（C. Baudelaire）和梁秉鈞筆下漫遊者的特色，凸顯巴黎和香港兩座城市現代化進程的異同，其中集中反映在兩位詩人對「真實」的不同看法。例如當波特萊爾於十九世紀中在巴黎的街道漫遊時，他從來沒有懷疑過眼前景物的真實性；相比之下，梁秉鈞對八九十年代香港的景象卻經常出現真假難分的情況。這種分別很大程度上可以透過兩座城市的現代化進程來說明。

第六及第七章主要透過探討兩組相對的事物或概念，顯現這些概念之間的複雜性。第六章〈家居與旅行〉主要透過梁秉鈞的〈家事〉和〈異鄉〉兩組詩來探討家居和旅行這兩個詞彙本身的意思及其包含的不穩定性。當我們把這兩個詞的詞義以間距的方式並置在一起時，它們開拓出來的空間（用朱利安的詞彙「之間」）竟然是一種「無處為家處處家」的老生常談。香港本應是梁秉鈞的家園，但急速的城市發展卻讓詩人處處產生陌生的感覺，活像身在異地；相反，當詩人身處異地時卻好像跟「家」更接近，更容易尋找到「令人感到像家一樣」的感覺。本來陌生的地方變成了「家」，本來是「家」的卻儼然成為「陌生地」。第七章〈食物與人〉主要探討梁秉鈞提出人與食物對話這種意念的可行性。在探索對話的過程中，詩人似乎遇到困難，跟食物對話並不順利，這裏涉及最少兩個問題。首先是物與人之間的關係在現代發生了變化，這點在第二章已說明。至於另一個問題是吃與被吃之間的關係。這一章的重點會放在後者。吃與被吃兩者之間的關係向來是不證自明，梁秉鈞透過他的食物詩試圖突破這種既有的設定，與朱利安提倡間距理論背後的目的不謀而合，旨在開拓新的可能性。這一章會以梁秉鈞的作品為例，說明與食物對話這個意念要在食物詩中呈現出來有一定困難，反而在以描述食物為主的小說《後殖民食物與愛情》中卻孕育出對話的空間來。

一直以來學術界對梁秉鈞作品的研究不斷，成果豐碩，但以特定的主題，例如以中間詩學這個角度切入作深入和全面探討的較為少見，本書相信可以在這方面作補充，嘗試撥開梁秉鈞研究中的部分「思想皺摺」。

傳統與現代……

第一章　抒情傳統

〈詩經練習〉對抒情性的繼承與轉化

梁秉鈞回想上世紀七十年代創作的過程時，提到自己很早便喜歡戴望舒、何其芳、馮至、辛笛、卞之琳、鄭敏和穆旦等詩人，[1]而他在馬朗（馬博良）早期的作品中看到戴望舒及何其芳等詩人的影響，[2]梁特別強調的是抒情傳統方面的影響。然而，詩人當時似乎並不滿足於中國三四十年代甚至乎馬朗詩中表現的抒情，而是繼續不斷地思考「怎樣去寫現代的抒情詩」，因為他「不願意抒情就是傷感，就是不斷重複句子和節奏」。[3]梁秉鈞對怎樣去寫現代抒情詩這個問題，可以說是窮其一生進行實驗和思考，相信從他最後一部詩集《普羅旺斯的漢詩》的壓卷之作〈詩經練習〉中，我們可以揣摩梁秉鈞對抒情的看法。

本章分為三部分，第一部分會對抒情傳統作概述，這裏主要包括簡單介紹梁秉鈞及其他學者的看法及比較他們的異同。第二部分會先

1　王良和：〈蟬鳴不絕的堅持——與梁秉鈞談他的詩〉，載陳素怡主編：《僭越的夜行》，上卷（香港：文化工房，2012），頁75。

2　陳炳良等編：《現代漢詩論集》（香港：嶺南大學人文學科研究中心，2005），頁103。

3　王良和：〈蟬鳴不絕的堅持——與梁秉鈞談他的詩〉，頁75。

扼要說明五十年代馬朗把抒情傳統帶進中國現代詩中所作出的改變，然後以梁秉鈞的〈詩經練習〉為例，詳細說明抒情傳統在梁詩中的轉化與繼承。最後是小結。本章希望透過中國抒情傳統在現代轉化的討論，嘗試探討梁秉鈞進出古典和現代之間的路徑。

一

梁秉鈞的興趣十分廣泛，所以在他眾多的創作及評論文字中，「抒情傳統」這個話題竟然三番四次的出現，可見詩人對這個話題的重視。我們最先看到梁秉鈞對「抒情傳統」這個議題的關注是 1977 年。詩人那篇評論馬朗早期詩作的〈從緬懷的聲音裏逐漸響現了現代的聲音——試談馬朗早期詩作〉，初步探索三四十年代中國現代詩對五十年代香港現代詩的影響。其後於 1988 年梁秉鈞發表了另一篇會議文章〈中國現代抒情小說〉，這篇論文雖然對「抒情傳統」的理論內容沒有作深入探討，但卻清楚反映了梁對「抒情傳統」的理解是來自普實克（Průšek）、高友工等一支。因着討論廢名小說的關係，梁秉鈞在論文中把抒情的影響追溯至唐人絕句及後來的傳統戲曲。及至 1996 年，梁秉鈞進一步擴闊了對五十年代的討論，分別用了宋淇、吳興華及馬朗的作品為例，正式把「抒情傳統」這個詞跟三四十年代的現代詩及五十年代馬朗的詩扣上，只是對於「抒情傳統」的內容並沒有作進一步補充。2008 年，梁秉鈞接受詩人學者王良和訪問，其間重提六七十年代創作的情況。梁強調當時喜歡三四十年代詩人的作品，並且受到他們的影響，但詩人仍然在思考着「怎樣去寫現代的抒情詩呢？」這個問題。可惜的是在訪問結束時，梁秉鈞並沒有交代他是否已找到答案，回答在二十一世紀初應該怎樣寫現代的抒情詩。有趣的是，在訪問完結時，梁以改寫《詩經》這話題作結，他認為改寫古典文學是一種跟古典溝通的方法。[4]

在追溯梁秉鈞對抒情傳統探索的過程中，我們可以看到一些有趣的現象。梁對抒情傳統的理解主要來自普實克對現代中國文學中的抒情的理解，然後輔以對高友工〈試論中國藝術精神〉一文的簡單解說，詩人在所有有關抒情傳統的論述中從來也沒有提過《詩經》，這點是十分耐人尋味的。事實上，自一九七一年陳世驤發表〈中國的抒情傳統〉一文後，接下來有關抒情傳統的討論都是以《詩經》為源頭，這裏主要的原因是陳在文中一錘定音：

> 中國文學的榮耀別有所在，在其抒情詩。長久以來備受稱頌的《詩經》標誌着它的源頭；當中「詩」的定義是「歌之言」，和音樂密不可分，兼且個人化語調充盈其間，再加上內裏普世的人情關懷和直接的感染力，以上種種，完全契合抒情詩的所有精義。[5]

自陳世驤的論文出現後，海內外的華人學者都從不同的面向參與抒情傳統的討論，大抵可以分成四大類：從起源方面的探討，[6] 即抒情發生的原因；[7] 從「詩之用」的角度來探討抒情傳統是否一個穩定的結

---

4 同上，頁 94。

5 陳國球：《抒情中國論》（香港：三聯書店，2013），頁 16。

6 有關這部分提到的其中兩大類的探討——包括「起源論」及「詩之用」，引自陳國球的〈「比興」與「抒情」：談「中國抒情傳統」論述與「比興」研究〉一文。文章收入陳國球，《情迷家國》（上海：上海書店出版社，2006），頁 332－337。

7 抒情發生的原因主要參考陳國球的文章〈「比興」與「抒情」：談「中國抒情傳統」論述與「比興」研究〉及鄭毓瑜《文本風景：自我與空間的相互定義》的〈《詩大序》的詮釋界域——「抒情傳統」與類應世界觀〉，頁 240。鄭毓瑜指出：「高友工先生所說彼此『心境』相互感知的創作理想；蔡英俊先生提出迫於人生無常而醒覺的『自我』意識；

構；[8] 從傳承的角度來探討抒情傳統由古至今的演化過程；[9] 最後是從中西比較文學的角度來檢視中西方對抒情理解的異同，這可算是一種後設的角度。[10] 正如上文提到，從理論的層面來看，梁秉鈞並不算投入太多的討論，只是他另闢蹊徑，從創作的層面，身體力行探討抒情傳統現代化的可能，他的〈詩經練習〉明顯是直指抒情傳統的源頭。

雖然梁秉鈞以上兩篇論及抒情傳統的文章在理論方面對抒情傳統的現代走向着墨不多，未必可以直接幫助我們了解現代的抒情詩實際上可以以何種方式存在，但他在跟王良和的訪問中，卻隱約透露了其對此問題的一些看法。梁在思考怎樣去寫現代的抒情詩時，提出了「不願意抒情就是傷感，就是不斷重複句子和節奏」[11] 這兩條。只是這

呂正惠先生由緣情『嘆逝』的主題提出『感情本體的世界觀』，而張淑香先生則透過〈蘭亭集序〉，呈現抒情傳統的理論『演出』（現身說法），正是『直接從人類集體共存交感的本體意識來肯定唯情的自本自根性意義』。」陳國球在〈「比興」與「抒情」：談「中國抒情傳統」論述與「比興」研究〉一文中，以陳世驤出發，逆向追溯他離開中國大陸前的文學姻緣。陳國球認為，抒情的理論先驅包括聞一多的〈歌與詩〉、〈說魚〉，朱自清的〈詩言志〉、〈比興〉，林庚的〈詩的活力與詩的新原質〉，陳世驤的〈中國詩字之原始觀念試論〉、〈原興：兼論中國文學特質〉。自陳世驤提出中國抒情傳統的論述後，討論的主要場地由美國轉到台灣，而且探索大都離不開比興，如蔡英俊的《比興物色與情景交融》便是明證。見鄭毓瑜：〈《詩大序》的詮釋界域——「抒情傳統」與類應世界觀〉，《文本風景：自我與空間的相互定義》（台北：麥田，2005）；陳國球：〈「比興」與「抒情」：談「中國抒情傳統」論述與「比興」研究 〉，頁 333。

8　詳見前注陳國球及鄭毓瑜的文章。

9　見王德威：《抒情傳統與中國現代性》（北京：生活．讀書．新知三聯書店，2010）。陳國球：〈「抒情」的傳統——一個文學觀念的流轉〉，《淡江中文學報》，第 25 期，2011 年 12 月，頁 173－198。黃錦樹：〈抒情傳統與現代性：傳統之發明，或創造性的轉化〉，《中外文學》，第 34 卷第 2 期，2005 年，頁 157－185。張松建：《抒情主義與中國現代詩學》（北京：北京大學出版社，2012）。

10　這方面的討論見陳世驤：《陳世驤文存》（瀋陽：遼寧教育出版社，1998），頁 1－6。梁秉鈞：〈中國現代抒情小說〉，《梁秉鈞卷》（香港：三聯書店，1989），頁 325－342。呂正惠：〈形式與意義〉，載蔡英俊編：《抒情的境界》（台北：聯經出版事業公司，1982），頁 17－65。陳國球：〈「抒情」的傳統——一個文學觀念的流轉〉。

11　王良和：〈蟬鳴不絕的堅持——與梁秉鈞談他的詩〉，頁 75。

兩點正正是建構抒情傳統的重要元素，直接與內容及形式有關，要打破它們但又要參與抒情詩的創作，實在並不容易。首先「不願意抒情就是傷感」，說穿了，是指不要一種範式，是抒情傳統理論中「詩之用」的範疇。鄭毓瑜指出「六義」中的「比興」與其說是教人如何作詩，倒不如是一套用詩的法則。[12]《詩經》的作者大都不可考，詩作主要用來引用，講求的是實用性。鄭進一步說明「『用詩』不在追究原詩意指、原作者初衷，而重在提出切合『詩』與『事』之間的一種關聯性……這關聯性還必須是可以被理解的（即使不必然被接受）」。[13]至於怎樣做到可以被理解，其實是涉及一個系統／範式的逐漸被建立。鄭毓瑜以《詩經》〈豳風．七月〉為例，說明「傷春悲秋」這個抒情範式的建立，成為「一種已經像俗諺成說、常情常理般的普遍知識」。[14]鄭最後總結道，在魏晉之前「早已存在一套觸物連類的認知體系，這經過反覆習練、熟悉上手的時物系統，在如何讀、如何用當中累積了可以表達與被理解的感發方式，適足以成為後來創作時自然發詠的基礎，或甚至可能重新理解所謂『抒情』創作其實有無法完全發諸個我意向的部分，同時也為『抒情傳統』鋪設出兼具智識性與情感性的發展脈絡。」[15]鄭毓瑜的詳細解說，印證了梁秉鈞對抒情傳統中那個幾近僵化的系統的不滿。然而，這裏值得注意的是，這個系統是注釋者而不是作者建立的，《詩經》的作者無意或者根本無力去建立一個如此龐大的體系，說到底，《詩經》那些個別的作者也無法預料自

12　鄭毓瑜：《文本風景：自我與空間的相互定義》，頁 260。

13　同上，頁 261－262。

14　同上，頁 265。

15　同上，頁 279。

己的作品會被採進《詩》三百，成為儒家經典，而儒家 / 孔子亦未必可以預料自己的學說最終會得到廣泛及長期的接受，所以與其說抒情範式的建立是「詩之作」的結果，倒不如說是「詩之用」的產物。如此看來，梁秉鈞重返《詩經》這個抒情傳統的源頭，重申作者的權威性，實在有正本清源的作用。

至於形式方面的問題則較為複雜，有兩極化的傾向，呂正惠用字數（《詩經》以四言為主）說明《詩經》以後已沒有四言詩，所以《詩經》「對後代詩人的深遠影響是精神上的，而非形式上的」[16]。雖說呂的意見（《詩經》以後已沒有四言詩）有待商榷，但事實上，詩經的影響無遠弗屆，而字數、甚至乎文類似乎不能亦不應用作衡量抒情傳統的標準。[17] 例如普實克指出蒲松齡、曹雪芹的作品中亦有抒情精神（lyricism）。[18] 同樣地，梁秉鈞、黃錦樹分別認為三十年代的京派小說（沈從文、廢名、凌叔華、林徽因等的作品）中亦見有抒情傳統。[19] 然而，陳國球借評論葛曉音的〈探索詩歌分體研究的新思路〉，肯定了「雙音詞和疊字構成」等對抒情的重要性。[20] 我們在蔡英俊的文章中亦可以看到這種意見——「抒情詩的一項重要特色是情感或語意的再三

16　呂正惠：〈形式與意義〉，頁 26。

17　《詩經》以後出現的著名四言詩包括曹操的〈短歌行〉及陶淵明的〈停雲〉等。

18　Jaroslav Průšek, *The Lyrical and the Epic: Studies of Modern Chinese Literature* (Bloomington: Indiana University Press, 1980). K. K. Leonard Chan, "The Conception of Chinese Lyricism: Průšek's Reading of Chinese Literary Tradition," in *Paths Toward Modernity, Conference to mark the centenary of Jaroslav Průšek* (Prague: The Karolinum Press, 2008), pp. 19-32.

19　梁秉鈞：〈中國現代抒情小說〉，頁 325。黃錦樹：〈抒情傳統與現代性：傳統之發明，或創造性的轉化〉，頁 161。

20　陳國球：〈「比興」與「抒情」：談「中國抒情傳統」論述與「比興」研究〉，頁 336。

重複，而在重複的形式結構中深化作者所要表現的情思，也循此造就了鎔合韻律、意義和意象三者於一爐的張力強度，那麼，以反覆迴增為基礎的《詩》三百篇無疑是現代人所謂的『抒情詩』的作品了！」[21] 按陳國球的思路推論，以上討論其實是抒情傳統的不同論述範圍，陳強調詩語言的重複遞進是「從『抒情詩』（lyric）出發，再引申到『抒情精神』」，可以說是超文類、超形式的存在。[22]

有關形式的討論其實亦帶出抒情傳統另一個複雜面向。梁秉鈞應該是以抒情詩的角度提出要避免再三重複的結構，到底他在〈詩經練習〉中有沒有突破到抒情詩的這種界限呢？另外，梁的作品能否打破後來變得成熟甚至乎僵化的知識系統，把詮釋者帶到一個《詩》三百出現時那種素樸的狀態呢？馬朗在整個「練習」中又扮演了一個怎樣的角色呢？接下來的部分會作詳細分析。

二

梁秉鈞曾兩次撰文分析馬朗跟三四十年代詩人的承傳關係。內容雖然有重疊的部分，但亦各有增補。最先出現的那篇是〈從緬懷的聲音裏逐漸響現了現代的聲音〉，是有關馬朗早期詩作的專論，所以看來較為全面。文中梁肯定了三四十年代詩的抒情是「有濃厚舊詩詞的

---

21 蔡英俊：〈抒情精神與抒情傳統〉，載蔡英俊編：《抒情的境界》，頁 80。

22 陳國球：〈「比興」與「抒情」：談「中國抒情傳統」論述與「比興」研究〉，頁 333。

影響，借過去的辭藻沉吟難排的愁苦，然後逐漸變化為注重口語音節，輕清婉轉的抒情詩，例如〈雨巷〉和〈我底記憶〉」。[23] 一般認為〈雨巷〉中描述的充滿愁怨的丁香姑娘，是出自南唐詞人李璟的「丁香空結雨中愁」，這點印證了梁秉鈞的看法。換言之，三四十年代詩人接受的抒情傳統已經系統化（甚或僵化），形式亦見配合這個較封閉的系統。五十年代馬朗在抒情傳統轉化的過程中實在起着承先啟後的作用，在繼承之餘亦有轉化。梁秉鈞分別用了戴望舒及馬朗的詩作直接比較，發現從形式／句式方面來看，戴的詩作較整齊，馬的較參差。[24] 馬朗的〈車中懷遠人〉及〈逝〉是兩個明顯的例子。至於內容方面，梁秉鈞較着力分析的是詩集的點題之作〈焚琴的浪子〉。梁在詩中找到一種暴烈與溫柔的矛盾。處身於戰亂的時代，詩中的主人公充滿矛盾，通篇是抒情的意象，如「琴」、「夢」、「花」、「太陽」、「月亮」等等，跟暴力的意象如「粗陋而壯大的手」、「血淋淋的褪皮換骨」、「腥風」、「屍骸」、「烙痕」等並置。最後馬朗決定拋棄抒情，投入災難在廢堆中重建新生。從這首詩裏，我們的確看到馬脫離抒情系統的框架，正如梁秉鈞指出「琴」（lyres）可解作抒情，亦是古詩中常出現的意象，馬朗在詩的開首部分提出焚琴，這行為明顯是對抒情系統的捨棄。其他古詩中經常出現的抒情意象好像「夢」、「花」、「太陽」等也一一置諸身後，面對苦難，詩中的主人公不再哀嘆，而是作出積極的應對，嘗試在廢墟中重建這種對抗命運的精神。這種精神在中國古典文學中是罕見的，充滿現代感。然而，這種差不多把抒

23　梁秉鈞：〈從緬懷的聲音裏逐漸響現了現代的聲音〉，《素葉文學》，第 5 期，1982 年，頁 27。

24　同上，頁 28。

情成分都捨棄的詩還可以算是抒情詩嗎？假如梁秉鈞對馬朗這種轉化滿意的話，他在七十年代便沒有必要仍在思考怎樣寫現代抒情詩的問題了。換言之，梁秉鈞認為現代社會中仍然需要抒情，但是有別於古代那種抒情。雖然梁在該文沒有說明應該如何演繹現代抒情詩，然而，其〈詩經練習〉透過重寫《詩經》清晰地告訴我們，抒情詩如何隨着時代的改變而自我轉化。

翁文嫻曾指出梁秉鈞作品中「什麼都可以入詩的白話鮮活感，倒更像詩經時代」[25]。值得注意的是翁評論的並不是〈詩經練習〉，而是〈新蒲崗的雨天〉、〈中午在鰂魚涌〉、〈羅素街〉等被喻為本土意識十分重的詩。翁文嫻認為，這些詩擁有《詩經》作品中什麼都可以入詩的精神。而這種特色在〈詩經練習〉中仍然可以找到，整個系列的詩中有關於愛情的內容，也有因天氣惡劣無法如期歸家的、反映食物質素每況愈下的，甚至有控訴「地產霸權」、空氣污染的。事實上，除了內容方面繼承了《詩經》的特色外，形式方面，梁秉鈞反過來支持自己曾經反對的「不斷重複句子和節奏」，在〈詩經練習〉中大量運用了重複遞進的寫作模式。我認為梁秉鈞透過這種表面上的「因循」，希望重回抒情傳統的源頭，重新確立作者的權威或者獨特性之餘，更重要的是建立一種適合現代生活的抒情，讓抒情傳統在現代得以轉化，延續下去。

25 翁文嫻：〈無限承接的溫柔——梁秉鈞詩學的香港角色〉，載陳素怡主編：《僭越的夜行》，上卷（香港：文化工房，2012），頁210。

梁秉鈞在〈詩經練習〉中選擇不避重複，明顯是要讀者把他的作品跟原本的《詩經》形式相提並論，[26] 目的是以相類似的形式打破原有的抒情系統，讓我們反思抒情傳統在現代的情況，在某程度上亦算是一種轉化。〈詩經練習〉共有九首，[27] 以形式來看，句子的重複較多，有整句句子的重複，亦有換一兩個字或更換詞語位置的重複，這種手法當然增加了詩歌的音樂感，也就是抒情的元素。例如〈隰桑〉中的第一段第三行「忽然碰見了你」，第二段及第三段的第三行換了一個字變成「忽然遇見了你」，兩段的句子完全重複。〈東方之日〉由兩段組成，每段開首那句只換了主語，即由「太陽」變成了「月亮」，兩句都重複「……從東邊的窗子照進來」。〈漢廣〉第一段便把「不可以」這個短語重複兩次。〈卷耳〉中運用的短語十分相似，做成迴環復沓的效果，如「我摘着……」跟「我剁着……」、「窗外……」和「窗下……」及重複兩次「電視上說……」等。〈七月〉的重複遞進是隨處可見的，全詩共有四十七行，以「七月裏高羅岱……」這個短語開頭的句子便有七行之多。此外，用月份（例如「八月裏」、「九月裏」、「十月裏」等）做開端的詩句亦有二十二行，還有其他不同形式的重複，這裏不作一一說明。〈雞鳴〉算是較自由的一篇，但句式方面還是有「他說：……」及「她說：……」的重複。同樣地，〈關雎〉中亦有「長長短短」、「左左右右」的疊詞運用。〈碩鼠〉的重複大概是九首詩中之冠，全詩分為四段，每段第一句均為「大老鼠呀大

26　江濤：〈一闋時間的歌，與詩——讀也斯詩歌《七月》〉，載陳素怡主編：《僭越的夜行》，上卷，頁 159。

27　有關形式部分的引文請參閱梁秉鈞：《普羅旺斯的漢詩》（香港：牛津大學出版社，2012），頁 121－140。

老鼠」。第一、二、三段的二、三及四句十分相似，差別只是換了兩三個字而已。其中第二句「不要吃光我的小米」中的「吃光」換成「吃掉」，「小米」換成「小麥」及「菜苗」等。第三句「已經供養了你十年」換成「二十年」和「三十年」。至於第一、二、三段的第四句都是重複「你可從來沒照顧我」等等。另外，「不要吃掉」這個片語出現了九次等等。這些不斷的重複可以說直逼初民的民謠，最後一首〈採綠〉算是較少重複，但還是重複「不要……」、「瓜瓜豆豆」、「西洋菜」等，而且這首詩不單是句式，連內容也回歸到《詩經》的田園世界。詩人費盡心思透過這些《詩經》常用的形式，讓我們把他的〈詩經練習〉跟《詩經》相提並論，目的卻是要打破原先已建立了兩千多年的抒情系統。

梁秉鈞花了這麼多心思要建立的，是跟原先抒情系統不一樣的現代抒情，以詩人的話來看，是「追溯那種樸素美好的想像」。[28] 九首收錄在〈詩經練習〉中的詩歌，有五首跟男女感情有關，這五首詩在《詩經》原著中也是跟男女感情有關的。〈採綠〉在原著中是寫夫妻之情，[29] 但在〈詩經練習〉中卻跟生態環境、食物健康有關。〈隰桑〉在《詩經》原著版本的其中一個解說是寫一個婦女喜愛一個君子，但沒有說出來，藏在心裏，詩中暗示這段感情終被忘掉：「心乎愛矣，遐不謂矣！中心藏之，何日忘之。」[30] 這首詩的基調是悲哀的，但經梁秉鈞改寫後雖然同樣是暗戀，調子卻變得快樂起來：「細雨中的燈

28　同上，頁 142。
29　高亨注：《詩經今注》（上海：上海古籍出版社，1980），頁 356－357。
30　同上，頁 359。

火這麼熾熱／為什麼不直接傾瀉？／還是藏在裏面的好／每天溫暖着心頭」。詩的背景是冬天，街頭剛下雨，但街燈在女子的熱情下變得熾熱，女子因為有喜愛的人，心頭也暖起來。女子對於對方似乎無所求，只要有機會碰到男子，世界便變得明亮：「忽然碰見了你／四周顏色多麼明亮」。[31] 詩中女子這種樂觀的心態很難把她簡單歸類為古代的或者是現代的，因為也許是性格使然也說不定。然而，現代女子畢竟比較幸運，雖然〈詩經練習〉的版本中沒有說明男女的身份，但就算雙方的社會地位相差很遠，現代的階級觀念比起古代明顯較寬鬆，說不定女子還是有機會跟男子走在一起。再說現代女子的出路也比古代的多，所以不見悲哀。

〈東方之日〉在《詩經》裏的描述較為直接、大膽。全詩只有兩段，是關於一對男女幽會的情況，而且是描述女子在大白天到男子那裏，登堂入室，故事的發展沒有讓讀者有很大的想像空間。[32] 古代男女交往的原因較為單一，很大程度上都是跟情愛有關。詩中的女子在男子家裏留宿，兩人情侶的關係不言而喻。相比之下，梁秉鈞的〈東方之日〉反而更見含蓄，讓人有無限的想像，但又不失現代感。在詩人設想下，男女在客廳一邊喝茶、一邊翻書，一直翻到房間裏的書架。在有意無意之間兩人的腳背碰上了。《詩經》原著裏描寫女子只着重她美麗的外貌（「彼姝者子」），感官刺激較明顯。〈詩經練習〉中的女子則強調學識，有別於《詩經》裏一般提到的女子。最後，現代女

31　梁秉鈞：《普羅旺斯的漢詩》，頁 121。
32　高亨注：《詩經今注》，頁 131。

子意味深長的指出「書是翻不完的／偶然找到的總會留在心裏」[33]。當然，如限於兩人正襟危坐的看書，大概只有古代禮教最森嚴的年代才有（不是《詩經》年代），所以最後現代女子還是主動把腳按在男子的腳上，顯然是有血有肉及有靈魂的女子。相比之下，《詩經》原著那位古代女子只見血肉，未見靈魂。無論如何，獨立思想及人格始終是現代的產物，得來不易。

〈漢廣〉在《詩經》中是男子追求女子不遂而嘆息的哀歌。原作只有三段，梁秉鈞通共寫了四段，第一段跟原著十分接近，用以說明對岸的女子並不是男子所求的對象。接下來梁秉鈞／敍事者並沒有反覆哀嘆，相反，他以一種實事求是的態度告訴男子，男女間的感情事緣來緣去，不一定碰上，就是碰上了喜歡的亦不一定合適，過後各人有各人的忙碌，似乎不用太執着。這種情感當然是在生活節奏快速的現代中才可以看到，這樣的態度表面上是少了一重抒情的傷感，然而如想深一層，現代人卻少了一份「直教生死相許」的浪漫，也算是一種悲哀，只是有別於抒情系統的傷感罷了。

〈關雎〉在《詩經》中是關於一段美滿的愛情故事，但落在梁秉鈞手裏，卻帶出另一個角度，叫「我們」（指一眾男子）好好思量。在河岸對面的美麗女子也許無論從文化、宗教、喜好也跟自己不同，再美好也不適合做我們的對象。這首詩的結構亦特別，全詩六段，比原著多出一段，每段四句，前兩句像是原著的白話譯文，後兩句則是

33 梁秉鈞：《普羅旺斯的漢詩》，頁 123。

梁秉鈞的思考，對那位美好姑娘的一些反思，點出她不一定是適合的對象。至於多出來的一段頭兩句是第一段開首兩句的重複，後兩句則直接指出男子跟那女子生活在兩個不同的時區，不同的世界，也許男子那邊正是日落，女子這邊剛好日出。這種對男女感情不得開花結果的原因作出理性的分析，是帶有濃厚的現代色彩，因為只有交通發達，人們才可能到遠方旅行，流動性較大，亦因此才有文化差異和時差的問題。在理性分析下，一段異地感情無法開花結果亦不用有太多的哀愁。

《詩經》中的〈卷耳〉本來是悲哀的，是一首懷人詩，原著分別從妻子及丈夫兩個角度描寫，詩作出於思念，當然是悲哀的。梁秉鈞的〈卷耳〉亦是懷人，大概是女子在等候着一個從遠方歸來的男子，也許是丈夫也說不定。女的一邊做春卷，一面等着男的回來，只是男的一直沒有消息，放在《詩經》的年代便是音訊全無，所以那種不安是可以想像的。然而，〈詩經練習〉中的女子從電視上知道機場因為天氣的關係須要關閉，雖然仍然感到不安，但相對於古代那些妻子實在幸運多了。最後一段有點出其不意：「這時你來到一個陌生的小鎮／伸出手觸到玻璃的寒冷」。[34] 這首詩的前六段都是寫女子的，最後寫到女子做春卷的手停了下來。接着第七段又出現手的意象，這段換了男子的手，說明他正被困寒冷的小鎮，所以未能回到女子身邊。當然這個片段亦可以解析為女子停下做春卷時，想像男子身處的情況。簡單來說，這首詩亦沒有太大的悲哀。同樣是懷人之作，〈採綠〉在原

34　同上，頁 127。

著中是寫妻子思念外出的丈夫之作，梁秉鈞在〈詩經練習〉的〈採綠〉中把主題改頭換面，借古詩中那婦人採摘植物，帶出了現代人為了吃到有品質保證的蔬菜，自己親自落田種植的情況，自得其樂。

〈七月〉在《詩經》及〈詩經練習〉中同樣都是以農民生活為主，前面提到鄭毓瑜以《詩經》的〈七月〉為例，說明「傷春悲秋」這個抒情範式的建立，其中她特別引用「春日遲遲，採繁祁祁。女心傷悲，殆及公子同歸」[35]等詩句說明「傷春」這個抒情系統的建立，[36]可見這段詩句對後來抒情系統的建立是十分重要的，偏偏梁秉鈞在〈詩經練習〉的版本中並沒有把這部分內容寫進去，明顯地排除了抒情系統中「傷春」這個重要的內容。此外，全詩的結構奇特，十二個月份中獨欠六月，排序沒有明顯的邏輯，到底有什麼原因呢？是否說明人為的時間觀念不管用呢？詩中描寫一個老嬉皮高羅岱按着自己的心意，定居法國南部的生活情況，一切順着自然，樂在其中。正如江濤指出：也斯在〈七月〉寫的是人物的心理時間，不是自然時間。「也斯〈七月〉戲仿《詩經．七月》，帶來的是一種淡淡幽默、哀而不傷的戲劇效果，如此，為他詩歌主人公『高羅岱』注入了一種暗顯的人物性格：與其說哀而不傷，不如說是深沉的樂觀。」[37]〈詩經練習〉中

---

35 高亨注：《詩經今注》，頁 199。

36 鄭毓瑜對構成「女心傷悲」的原因（或傷春的原因），跟高亨及林庚解析的側重點有所不同。鄭認為外在環境，特別是氣候對人的情感有很大影響，亦即是透過「『引譬援類』的方式去串聯萬物萬象」；見《文本風景：自我與空間的相互定義》，頁 277。高亨及林庚則按詩的表面意義解析，認為女子害怕被貴族公子強迫帶走，所以悲傷。見高亨注：《詩經今注》，頁 201（見注 18）及林庚編：《中國歷代詩歌選》（北京：人民文學出版社，1989），頁 28。當然，到底會否是春天的關係讓女子產生這種憂慮，有待進一步探討，但不管原因為何，傷春這點毋容置疑。

37 江濤：〈一闕時間的歌，與詩——讀也斯詩歌《七月》〉，頁 159。

的作品的確或多或少的看到樂觀的調子，〈碩鼠〉是另外一個明顯的例子。

〈碩鼠〉無論在《詩經》或〈詩經練習〉中都是諷喻詩，把老鼠喻作當權者，或有權有勢的人，逼害人民，令他們生活不好過。只是《詩經》中〈碩鼠〉的結局較悲哀，人們唯一可以做的是選擇離開。〈詩經練習〉中梁秉鈞則反過來警告大老鼠「大老鼠呀大老鼠／已經這麼多人搬走了／不能這樣下去／我們一定要設法對付你」[38]。梁的態度是積極的、甚至有樂觀的成分，覺得人民可以「對付」當權者，整首詩的調子同樣是悲而不傷。

〈雞鳴〉是〈詩經練習〉中較難解析的一首。在《詩經》裏，國君的妻子大清早勸國君上朝去，但國君卻戀床不肯起來。[39] 其間夫妻兩人對看到的和聽到的東西各自都有不同的詮釋。例如當妻子說太陽已出來了，丈夫卻說那是月光而已。本來做丈夫的為了多睡一會強詞奪理，這種情況落在梁秉鈞手裏，〈雞鳴〉卻變成一種對語言作哲理性的思索。事物與語言本身的不配合，使事物變得模糊了，連帶語言也變得不準確：我們能守着語言嗎？這個問題似乎是梁秉鈞最關心的，亦是最擔心的，他反覆思量：「若我們逃逸出／熟悉的語言／何處是我們的／安頓？」[40] 最後，丈夫提議再睡，回到夢裏，回到還未有語言的世界。這首詩的討論實在有解構的味道，當符徵（文字）跟符旨

38　梁秉鈞：《普羅旺斯的漢詩》，頁 138。

39　高亨注：《詩經今注》，頁 128。

40　梁秉鈞：《普羅旺斯的漢詩》，頁 134。

（意義）脫離後又怎樣呢？做丈夫的沒有特別感到悲哀，反正他就是想睡，所以提議到夢中去。好一個藉口呢。

三

雖然梁秉鈞並沒有做到如他所提出的抒情詩要避免再三重複結構，但有趣的是，因為形式的重複遞進，讓他更好的突破了抒情詩的界限，打破後來變得成熟甚至乎僵化的知識系統，令讀者明白現代的抒情跟古代、三十年代及五十年代都不同，讓人們以素樸的心重新思考自己處身的狀態，看清他們現在要面對的問題，抒發屬於他們的情感。

根據上述對收錄在〈詩經練習〉中那九首詩的簡單分析，我們可以得出結論，總結現代中國人的生活跟古代最不同的地方，包括生活的節奏快了，資訊、交通方便了，亦即生活流動性大了，人力範圍可以控制到的事情多了。結果，一些在古代看來無法解決的問題落在現代已不成問題。例如，資訊發達打破了地域的界限，親人遠行亦可以隨時聯絡，「生離」的悲哀已減少。另外，如果用氣象來解析「傷春悲秋」的成因的話，問題落到現代大概亦可以透過科技如空氣調節來解決，因四季的變化而引致身體不適或心理的躁動亦得以舒緩。現代人提倡自由戀愛，一般亦沒有古代那樣講求門第，無論對婚姻或性的觀念都較古代開放，加上人的流動性較大，亦不限於本國，可以結識異性的機會較古代高出很多。還有，現代社會分工較古代複雜，對男女的學識及知識面的要求都比過去高和廣，無論工作及生活要應付的事情多了，同時亦會更理性的思考問題，管理情緒或思考問題的能力相對提高了。現代社會運作相對透明、講求法治，遇上不合理的待遇，一般可以透過不同的合法渠道解決。現代社會的經濟模式以工商為主，務農是一些不習慣城市急速生活節奏的人嚮往的生活模式，跟中國古代以務農為主，且農民一般受地主剝削的情況很不同。

以上種種反映了古代抒情系統實在已不能反映現代人的生活情況，只是現代人亦有現代人要面對的問題。人與自然的關係疏離，長期活在城市裏，不自覺做出很多破壞大自然的事，這正是導致污染、食物不安全的主要原因。現代人的流動性大了，亦引申出身份的問題，到底哪裏是自己的家，也未必說得清。男女結識的機會多了，關係開放了，結果人們對感情亦變得不用執着，《詩經》年代那種「執子之手，與子偕老」的信念亦跟隨抒情系統中那些不切合現代生活的情感被捨棄。說到底這亦是一種悲哀。

梁秉鈞在九首〈詩經練習〉的作品中以打破舊有的、以傷感為主調的抒情系統為目的，所以調子縱使不是以喜為主，但亦不見悲哀。換言之，由《詩經》發展出來的時物系統、認知體系，經過梁秉鈞的重寫／反覆練習已被打破。梁不單帶出了新的角度、新話題，而且亦把讀者對《詩經》的關注由長久以來的「詩之用」還原到「詩之作」。經過梁秉鈞的重新思考，抒情的確不等於傷感，只是在形式方面，為配合抒情性，重複句子和節奏是無可避免的。總的來說，抒情傳統自馬朗在〈焚琴的浪子〉中試圖捨棄發展至今，梁秉鈞透過重寫《詩經》重新肯定了抒情傳統的現代意義，亦作了一次重要的示範。

第二章　詠物傳統

〈聊齋〉組詩中的變形元素

梁秉鈞在一次訪問中認同自己是現代主義者。[1] 詩人和現代主義的關係可以從他對物（things）的興趣反映出來。事實上，無論是跟物有關的中國詠物傳統或者是現代主義／後現代主義中的物化和日常事物等主題，都可以在梁的作品、評論或訪問中找到。[2] 在詩人眾多與物有關的創作中，又以《東西》這部詩集的題目最為點題。正因為它的貼題，所以詩集裏改寫《聊齋誌異》（下稱《聊齋》）為現代詩歌——

1　有關梁秉鈞與現代主義的關係見拙作：C. T. Au, *The Hong Kong Modernism of Leung Ping-kwan* (Lanham, MD: Lexington Books, 2020).

2　梁秉鈞對物的討論見梁秉鈞：〈談詠物詩〉，《半途——梁秉鈞詩選》（香港：香港作家出版社，1995），頁 214－220。梁秉鈞：〈關於詠物詩的筆記〉，載集思編：《梁秉鈞卷》（香港：三聯書店，1989），頁 171－172。此外，與物這個話題（或與物對話）有關的主要訪問可參看周佩敏：〈梁秉鈞與他的食物詩〉，《文學世紀》，第 4 卷第 6 期（總第 39 期），2004 年 6 月，頁 63－69。梁秉鈞：〈羅貴祥、梁秉鈞對談〉，《蔬菜的政治》（香港：牛津大學出版社，2006），頁 159－170。Christopher Mattison：〈序言〉，載梁秉鈞著：《蠅頭與鳥爪》（香港：MCCM Creations，2012），頁 16－23。梁秉鈞與物有關的詩作見集思編：《梁秉鈞卷》，頁 129－172。梁秉鈞：《蔬菜的政治》，頁 14－53。Leung Ping-kwan, *Travelling with a Bitter Melon: Selected Poems (1973-1998). Ed. Martha P. Y. Cheung* (Hong Kong: Asia 2000 Ltd., 2000), pp. 166-181, pp. 216-303。梁秉鈞：《蠅頭與鳥爪》，頁 32－89。梁秉鈞：《東西》（香港：牛津大學出版社，2014）。另外，關於對梁秉鈞詠物詩的討論見黎海華：〈聆聽梁秉鈞詠物詩的主題與變奏〉，載集思編：《梁秉鈞卷》，頁 362－368 及葉輝：〈詠物詩新論〉，載陳素怡主編：《僭越的夜行》，下卷（香港：文化工房，2012），頁 504－507。此外，《僭越的夜行》下卷中的〈第七輯：詠物詩與食物詩〉，頁 466－514，收錄了討論梁秉鈞詠物詩的文章，亦很有參考價值。

〈聊齋〉組詩（或稱〈誌異十一首〉，下稱〈聊齋〉）[3]——這部分特別顯得耐人尋味，表面看來彷彿與物無關。[4] 也許更值得注意的是，十一首〈聊齋〉組詩中有基本上保留《聊齋》故事內容的，亦有改動較大的，當中到底梁秉鈞根據什麼準則改寫呢？

「東西」這個詞除了可以指物外，另一方面又可以指方向、地域。詩集由八輯組成，其中七輯與物、東西方文化交流或者地域有關，唯獨是〈聊齋〉這一輯好像有離題之嫌。對此梁秉鈞在詩集的後記〈食物、城市、文化〉中曾稍作說明，詩人指出在外國人之中也有十分懂得中國文化的學者，例如在他看來閔福德（John Minford）這位漢學家是最喜愛及最懂得《聊齋》的人。[5] 一位西方學者解讀中國文學當然是東西文化交流的一種；然而，在《東西》這部詩集中是梁秉鈞本人把《聊齋》的部分故事改寫成詩篇，跟閔福德翻譯《聊齋》成為英文並沒有關係。換言之，〈聊齋〉收入《東西》裏應該和方向或東西方文化交流無關。

3　小標題〈誌異十一首〉見陳炳良〈讀梁秉鈞《誌異十一首》〉一文，根據〈後跋〉的解說，這個小標題應是詩人較早時（1999 年）定下的題目。文章收入陳素怡主編：《僭越的夜行》，上卷（香港：文化工房，2012），頁 330－335。

4　《東西》這部詩集先後在香港（2000 年及 2014 年）和北京出版。北京的版本無論書名《東西：梁秉鈞詩選》（北京：中國戲劇出版社，2012）和內容都與香港版本有別，其中內容方面最大的分別是北京版只有七輯，香港版有八輯。香港版的八輯分別為〈東西〉、〈東與西：澳門〉、〈東西牆〉、〈東與西：南法到巴黎〉、〈聊齋〉、〈東西走〉、〈新邊界〉、〈東與西：書信〉。北京版把〈聊齋〉這部分內容換成〈《詩經》練習〉。另外，保留了〈東西〉、〈東西牆〉及〈新邊界〉三個小標題，再換了三個相類似的小標題：〈東西行（之一）〉、〈東西行（之二）〉和〈東西書簡〉。本章以香港版本（2014 年）作為討論的基礎。

5　梁秉鈞：《東西》，頁 172。

除此以外，梁秉鈞在其他訪問中亦提過跟《聊齋》有關的話題。詩人曾向葉輝提過，他「對中國志怪的傳統很感興趣，覺得這傳統裏還有一些未曾發展出來的東西」。[6] 梁秉鈞接着在另一篇跟王良和的訪問中提到他改寫《聊齋》的過程：「我曾經把《聊齋》一篇篇小說，從某些角度，抓着某個聲音去寫成一組小詩。」[7] 詩人在接受顧彬（Wolfgang Kubin）訪問時曾從形式方面指出〈聊齋〉和《東西》之間的共通點：「在聊齋這組詩我借用古典文學作品裏面有現代人的感情，是寫人在不同的處境的感情狀況，包括他的情深、焦慮、恐懼、喜悅等。我想探討人類情感上的不同層面。早期詩作重意象，《游詩》開始了敘事和很多自由的形式，聊齋和近期《東西》裏的詩則想把這種種融和。」[8] 梁秉鈞以上的解說無疑讓我們對詩人改寫《聊齋》多了一點了解，只是總括來說還是無法清楚說明把〈聊齋〉這組詩放進《東西》裏的理由。

本章認為無論梁秉鈞把〈聊齋〉組詩收進《東西》裏的目的為何，這種做法客觀上已經達到一種效果，那就是打破人們對物的一般概念，提醒我們人和物的界線並不一定分明，可以有另一種狀態——變形。變形是《聊齋》中一個重要元素，[9] 雖然變形的表現方式不限於一

---

6 陳素怡主編：《僭越的夜行》，上卷，頁 63。

7 同上，頁 94。

8 同上，下卷，頁 607。

9 關於《聊齋》多以變形為主題這點可參考以下資料。例如：陳翠英：〈《聊齋誌異．黃英》在日流播：文本改寫與文化傳釋〉，《臺大中文學報》，第 47 期，2014 年 12 月，頁 185－240。黃麗卿：〈變異與恆常：《聊齋誌異》思想的核心價值〉，《鵝湖月刊》，第 33 卷第 8 期（總號第 392），2008 年，頁 46－55。黃麗卿：〈《聊齋誌異》狐仙「形變」之意義〉，《淡江人文社會學刊》，第 25 期，2006 年 3 月，頁 20－49。黃治：〈變形故事〉，《〈聊齋誌異〉與宗教文化》（濟南：齊魯書社，2005 年），第 5 章，第

種可能；[10] 然而，〈聊齋〉中描述的變形元素有助凸顯梁秉鈞詠物詩的一個重要特徵：梁秉鈞的詠物詩裏很早便隱含變形的題材。詩人對變形題材的興趣很大可能是受現代主義作家特別是卡夫卡的影響。梁秉鈞中學時代深受現代主義文學影響，[11] 特別是卡夫卡及其〈變形記〉更先後出現在他的詩〈在卡夫卡故居〉及散文〈蟑螂的妹妹〉中。[12] 事實上，卡夫卡的〈變形記〉與《聊齋》裏的其中一篇〈促織〉之間的關係曾引起不少比較和討論。這些討論大致認同變形及物化是兩篇作品共通的元素。[13]

---

2 節，頁 212－225。張火慶：〈聊齋誌異的靈異與愛情〉，《中外文學》，第 9 卷第 5 期，1980 年，頁 68－85 。

10 關於變形的形式，可參考樂蘅軍的分析，大約歸納成兩種類型：「一是力動的，一是靜態的。所謂力動的變形，指從某種形象蛻化為另一種形象，包括人、動植物、和無生物之間的互變……無論如何力動變形總是顯而易見的，靜態變形則須待稍周折的會解。它是如圖畫一般來陳述的，例如山海經裏許多人獸同體互生的神話，或蛇身人面、或鳥首人身等等不一而足……它是一種變形，且正表現着變形的過程：人面蛇身，或鳥首人身的怪物，可能是從蛇、鳥變往人，或從人變往蛇、鳥，而在變化興味最酣飽的中途，突然因為某種原因（這些原因是永不可知的），而凝固了停頓了。於是它就以異類互體的形象被永恆地保留下來。」（頁 5、8－9）。樂蘅軍：〈中國原始變形神話試探〉，《古典小説散論》（台北：大安出版社，2004），頁 1－41。

11 見陳素怡主編：《僭越的夜行》，上卷，頁 10。也斯：《灰鴿試飛：香港筆記》（台北：解碼出版，2012 ），頁 224。

12 參看也斯：《灰鴿試飛：香港筆記》，頁 172－174。黃淑嫻、吳煦斌編：《回看　也斯（1949－2013）》（香港：康樂及文化事務處，2014），頁 71。

13 有關把卡夫卡的〈變形記〉與〈促織〉作簡單比較的短文很多，其中包括：陳祥梁：〈《變形記》與《促織》〉，《福建師大福清分校學報》，第 3 期（總第 36 期），1997 年，頁 56－57。鮑慶忠：〈《促織》與《變形記》的比較研究〉，《宿州師專學報》，第 18 卷第 1 期，2003 年，頁 52－53。韓璽吾：〈《促織》與《變形記》：荒誕的背後〉，《湖北師範學院學報》，第 27 卷第 1 期，2007 年，頁 36－40。趙玉柱：〈「變形」背後的中西方審美心理差異〉，《德州學院學報》，第 23 卷第 3 期，2007 年 6 月，頁 17－19。萬姍姍：〈人．蟲．社會的悲哀——《變形記》和《促織》中「人變蟲」的比較〉，《江西電力職業技術學院學報》，第 16 卷第 4 期，2003 年，頁 37－41。陳立漢、牛文明：〈傷心人別有懷抱——《變形記》與《促織》比較〉，《寧夏師範學院學報》，第 28 卷第 5 期，2007 年 9 月，頁 123－124。孫世權：〈異化的人性　扭曲的社會——再讀《變形記》與《促織》〉，《湖北經濟學院學報》，第 8 卷第 8 期，2011 年 8 月，頁 105－106。葉晗：〈異化的先聲——《促織》和《變形記》比較談〉，《杭州應用工程技術學院學報》，第 11 卷，第 1、2 期，1999 年 6 月，頁 112－116。

變形是原始主義（primitivism）一個重要元素，而原始主義與西方現代主義的關係近年開始受到關注。[14] 至於香港方面還沒有正式的討論，相信透過分析梁秉鈞的詠物詩，特別是〈聊齋〉組詩，為日後進一步探討香港現代主義和原始主義的關係提供參考。西方現代主義和原始主義關係複雜，這兩個看似二元對立的概念，其實關係千絲萬縷。後者所包含的神話、魔法／巫術（特別是變形）等元素，與現代主義作品關連較大。在很多經典的現代主義作品中，我們都可以看到原始主義的元素。例如喬哀思（James Joyce）的《尤利西斯》（*Ulysses*）、艾略特（T. S. Eliot）的《荒原》（*The Waste Land*）和卡夫卡的〈變形記〉（The Metamorphosis）等。其中又以〈變形記〉中的變形及物化主題最為明顯。[15]

本章的以下部分會先簡單介紹原始主義中的變形元素與西方現代主義文學的關係；然後再透過分析梁秉鈞的詠物詩，特別是集中討論

---

14 Michael Bell 早在 1972 年已出版 *Primitivism* (London: Methuen & Co. Ltd.) 一書，書中主要以現代主義作家例如 Joseph Conrad, D. H. Lawrence 等來說明原始主義跟現代主義的關係。Bell 的另一部相關作品是 *Literature, Modernism and Myth: Belief and Responsibility in the Twentieth Century* (Cambridge: Cambridge University Press, 1997)。其他學者的論著包括——Sieglinde Lemke 的 *Primitivist Modernism: Black Culture and the Origins of Transatlantic Modernism* (New York: Oxford University Press, 1998)、Maureen Perkins 的 *The Reform of Time: Magic and Modernity* (London: Pluto Press, 2001)、Carole Sweeney 的 *From Fetish to Subject: Race, Modernism, and Primitivism*, 1919-1935 (Westport: Greenwood Publishing Group, 2004)、阿姆斯特朗（Tim Armstrong）的《現代主義：一部文化史》（*Modernism: A Cultural History*）（南京：南京大學出版社，2014），頁 223－237。還有，Peter Brooker 等學者於 2010 年編的 *The Oxford Handbook of Modernisms* (Oxford: Oxford University Press, 2010) 收錄了與原始主義相關的文章，包括：Michael Bell,"Primitvism: Modernism as Anthropology", pp. 353-367、Roger Luckhurst,"Religion, Psychical Research, Spiritualism, and the Occult", pp. 429-444. Michael H. Whitworth,"Science in the Age of Modernism", pp. 445-460。這個問題在下一節會作進一步討論。

15 關於〈變形記〉的變形和物化主題，會在第二部分討論。

〈聊齋〉組詩中對《聊齋》故事的內容改寫較多的詩作，凸顯詩人對物的複雜看法 。

一

原始主義早在現代主義的高峰期出現時（即上世紀初）已有跡可循；然而，兩者密切關係的確認卻在上世紀末至本世紀初。雖然畢加索那幅被譽為第一幅現代畫的 *Les Demoiselles d'Avignon*（繪於 1907 年）明顯受非洲原始藝術的影響，還有如上文提到的現代主義作品中亦包含了「原始」元素，但在上世紀七十年代出版的，影響較大的現代主義評論集 *Modernism: A Guide to European Literature (1890-1930)* 裏，原始主義還沒有被列作現代主義的其中一個特色，畢加索畫中的原始成分只被視為現代畫的創新。[16] 用這樣的角度詮釋「原始」的原因很多，籠統來說可以分為兩種。

第一種原因和七十年代對現代主義的解讀仍然停留在歐洲中心主義的思考模式有關。由於「他者」——即不同種類（特別在殖民地出現）的現代主義還未廣為接受，結果那些被視為來自落後地區／國家的文化（即「原始」的元素）不大容易被納入正統。如果我們比較近年（2010 年）出版的現代主義論文集 *The Oxford Handbook of*

16　Alan Bullock,"The Double Image." In Malcolm Bradbury and James McFarlane eds., *Modernism: A Guide to European Literature 1890-1930* (London: Penguin Group Ltd., 1991), p. 62.

Modernisms，便會發現變化很大，一般已接受現代主義是受多元文化影響的同時，亦生發出不同的現代主義，其中收入了 Michael Bell 的 "Primitivism: Modernism as Anthropology" 及 Roger Luckhurst 的 "Religion, Psychical Research, Spiritualism, and the Occult" 等相關的論文。

另一種原因是跟人類學的發展有關係。自十九世紀以來人類學研究對原始的看法較為負面，那時一般認為跟「原始」有關的東西（包括人）都是較低等的。[17] 十九世紀末二十世紀初人類學家弗雷澤（James Frazer）的《金枝》（*The Golden Bough*）基本上已擺脫了對「原始」這個概念理解的局限。弗雷澤認為人類對大自然的理解可以分為三個階段：魔法／巫術、宗教及科學。在現代主義階段，科學比起其他兩種思考理論佔優，但不排除日後會出現另一種更理想的假設，更好的說明大自然各種現象。[18] 弗雷澤的解說最重要之處是把「原始」（即魔法／巫術）跟宗教和科學並列，與其說它們之間有等級之分，倒不如說是一時一地的影響力更恰當。然而，弗雷澤的劃分方法還是有問題的，因為根據他這種思考方式，在現代主義時期應該不會出現與魔法／巫術有關的作品了。

換言之，以上兩種對「原始」的解讀方法都否定了它在現代出現的可能。諷刺的是弗雷澤在《金枝》中對魔法／巫術的研究影響了很

---

17 Michael Bell, *Literature, Modernism and Myth*, p. 10.

18 Tim Armstrong, *Modernism: A Cultural History* (London: Polity Press, 2005), p. 142.

多現代主義作家，艾略特是其中最有名的一位，他在《荒原》中對祭祀儀式的描述便明顯受到《金枝》的影響。[19] 弗雷澤把魔法／巫術、宗教及科學用三個不同階段說明，這個論點受到較多的質疑。[20] 卡西勒（Ernst Cassirer）在《人論》（*An Essay on Man*）中開宗明義指出弗雷澤認為「人類以巫術的時代開始，然後被宗教的時代相繼和取代」這種論說「是站不住腳的」。他補充道：「巫術是在一個非常緩慢的過程中喪失它的基礎的。如果我們看一下歐洲文明的歷史，那就會發現，甚至在最發達的階段，在一個具有高度發展而又非常精確的理智文化的階段，對巫術的信仰也沒有受到嚴重的動搖。甚至連宗教在某種程度上也承認這種信仰。」[21] 卡西勒的論述無形中為魔法／巫術在現代主義作品中的出現提供了可能性：魔法／巫術所代表的原始思維在任何時期都存在着。卡西勒進一步說明原始思維和科學思維的最大分別：

> 當科學思維想要描述和說明實在時，它一定要使用它的一般方法——分類和系統化的方法。生命被劃分為各個獨立的領域，它們彼此是清楚地相區別的。在植物、動物、人的領域之間的界限，在種、科、屬之間的區別，都是十分重要不能消除的。但是原始人卻對這一切都置之不顧。他們的生命觀是綜合的，不是分析的。生命沒有被劃分為類和亞類；它被看成是一個不中斷的連續整體，容不得任何涇渭分明的區別。各不同領域間的界線並不是不可逾越的柵欄，而是流動不定的。在不同的生命領域之間絕沒有特別的差異。

19　同上。

20　有關對弗雷澤論點的質疑可參考 Michael Bell 的 "Primitivism: Modernism as Anthropology"。

21　恩斯特．卡西勒：《人論：人類文化哲學導引》（台北：桂冠圖書股份有限公司，1997），頁 152。

> 沒有什麼東西具有一種限定不變的靜止形態：由於一種突如其來的變形，一切事物都可以轉化為一切事物。如果神話世界有什麼典型特點和突出特性的話……那就是這種變形的法則。[22]

根據卡西勒的說明，原始初民認為物種之間是沒有明確的界線區分的，而且沒有什麼東西是穩定的，人與物之間是可以互變的。更重要的是這種原始觀念並沒有隨着時代變化或科學進步而消失。

現代主義詩人和作家對原始主義特別是變形產生興趣的原因，除了卡西勒在上面提到的原始觀念的衰落過程十分緩慢外，相信與現代生活中人類的物化現象關係很大。希思（K. Michael Hays）認為無論我們如何理解現代主義這個詞，必須得承認它跟新湧現的事和物脫不了關係。他進一步指出人文主義者相信人擁有權威，可以操控物。然而，在現代主義的理解中，人再沒有什麼權威，物不單被視為一種獨立、物質的存在，而且還威脅到個體自我的完整性。[23]

人的權威為什麼會受到威脅呢？這裏至少有兩個基本的原因，第一個理由是跟現代生存環境和條件的轉變有很大關係，這種改變迫使自我面對夢魘式的焦慮。這種焦慮產生的原因主要來自自我意識到生存環境造成的局限，人往往只能被動地適應大環境的轉變：例如資本主義的競爭、帝國主義的侵略、全球殖民化、兩次世界大戰、納粹主

---

22 同上，頁 121。

23 K. Michael Hays, *Modernism and the Posthumanist Subject* (Cambridge, Mass.: MIT press, 1995), pp. 4-5.

義、集中營、大屠殺、原子彈及虛無主義。除了焦慮以外，現代文明和環境讓我們患上很多毛病，尤其是都市病歇斯底里（hysteria）、邊緣型人格障礙（borderline personality disorder）、神經衰弱症（neurasthenia）、便秘症（constipation）、眼睛疲勞、焦慮等。[24]

至於另一個原因是跟人類和現代科技緊密結合有關。阿姆斯特朗（Tim Armstrong）認為現代科技，特別是醫學技術方面的進步，讓很多儀器可以直接進入體內，令身體跟機械文化（machine culture）緊密地結合在一起。[25] 這些科技文明無疑對治療疾病帶來好處，但同一時間，病痛往往又令人對物，無論是藥物、假體（prosthesis）或醫療儀器等，多了依賴，此消彼長，人的個體完整性當然受到削弱。從日常生活的層面來看，人對物，特別是新科技的發明亦有強烈倚賴的傾向。物使我們的感官提升到另一個境界。例如我們的視力透過望遠鏡及顯微鏡增強，聽覺及記憶則分別通過電話和錄音機優化。[26] 視力方面，還有眼鏡，那已成為很多現代人生活中不可缺少的東西。人跟物的關係逆轉，從生產模式方面亦可以看到。現代的生產模式（特別是工廠的生產綫）把人變成機器的附屬品，而且名副其實產生物化的傾向。[27]

24　Noriko Takeda, *The Modernist Human: The Configuration of Humanness in Stéphane Mallarmé's Hérodiade, T.S. Eliot's Cats, and Modernist Lyrical Poetry* (New York: Peter Lang Publishing, Inc, 2008), p. 5.

25　Tim Armstrong, *Modernism, Technology and the Body: A Cultural Study* (Cambridge: Cambridge University Press, 1998), pp. 2-3.

26　同上，頁 77。

27　同上，頁 79。

變形這個原始元素於爭議中在現代主義作品裏的位置被肯定了，至於作家對原始元素的反應同樣是複雜的，包含矛盾的看法。卡夫卡的〈變形記〉無疑是說明現代人變形及物化的最佳例子，以下可以作簡單的說明。卡夫卡在〈變形記〉中描寫的變形及物化有很多讓讀者深思的地方，例如男主人翁格雷戈爾（Gregor）為什麼會變成蟲子？布魯斯（Iris Bruce）嘗試引用卡夫卡的日記來說明當卡夫卡着手創作〈變形記〉那段期間，作家深受猶太民間傳說吸引，而變形是猶太民間傳說十分常見的主題。當然，布魯斯亦意識到變形不是猶太民間傳說獨有的元素，她同意變形是源自遠古的古老話題。[28] 如此看來，〈變形記〉中的人物思維基本上是較為原始的，那就是他們認為人跟其他生命之間沒有固定的界線，當遇到突如其來的事情時，人和物的界線是可以跨越的，亦即是所謂的變形。至於為什麼會變形卻可以是一種比喻。這個比喻可以有不同的解釋，例如，用來比喻格雷戈爾在他的家庭中的不協調存在，無法與人溝通，[29] 把格雷戈爾的異化視為資本主義社會對工人的剝削，把人視作物等。[30] 然而，除了以上對物化較負面的解釋外，我們在小說中看到變成蟲以後的格雷戈爾好像更懂得音樂，比起他仍然是人類的時候更珍惜家庭的溫馨感覺，或者比起小說中其他人類更具有人類美好的質素。[31]

---

28 Iris Bruce, "Elements of Jewish Folklore in Kafka's Metamorphosis." In Stanley Corngold, trans. and ed., *The Metamorphosis* (New York: W. W. Norton & Company, Inc., 1996), p. 108.

29 Stanley Corngold, "Kafka's The Metamorphosis: Metamorphosis of the Metaphor." In Stanley Corngold, trans. and ed., *The Metamorphosis*, pp. 88-89.

30 Nina Pelikan Straus, "Transforming Franz Kafka's Metamorphosis." In Stanley Corngold, trans. and ed., *The Metamorphosis*, p. 128.

31 Franz Kafka, "The Metamorphosis." In Stanley Corngold, trans. and ed., *The Metamorphosis*, pp. 3-42.

二

卡西勒針對神話中變形的解說，對研究中國神話或《聊齋》同樣有很大的幫助。樂蘅軍和黃洽分別引用卡西勒的變形定義來分析中國神話[32]和《聊齋》故事。[33]至於梁秉鈞的詠物詩創作，從一開始便包括了變形元素在內。此外，詩人對於現代人與物的新關係，例如物化傾向，亦一早表現關注：「在一個後現代時代裏，面對消費社會中物的製造與消耗的新規律、面對物的囤積與人的物化、人與物的新關係、面對對於詩的言語、意象、印刷等物質條件的重新估量，詩人寫作詠物詩時能不有新的考慮嗎？」[34]詩人對於「人與物的新關係」的看法與西方現代主義作家一般複雜及矛盾。一方面，梁秉鈞對「不同事物的物質性」十分感興趣。[35]以他的食物詩為例，詩人認為「以食物為對象，不一定是要把〔他〕的意念投射在它身上，也可以是被它的特色吸引。嘗試了解它，與它對話」。[36]詩人的想法包含了變形和物化的原素在內，他嘗試擺脫人類的思想，變成不同食物，從它們的思想和角度思考事情。另一方面，當人類的尊嚴受到威脅時，例如當梁秉鈞改寫《聊齋》故事中碰到一些人不如物的內容時，詩人會改寫這種人與物的關係，令到人類至少不會被物比下去。以下部分先簡單說明梁秉鈞透過變形，嘗試與物對話的詩作，然後重點會討論在〈聊齋〉組詩中，梁秉鈞如何改寫人不如物的關係。

32　樂蘅軍：《古典小説散論》，頁 3－4。

33　黃洽：〈《聊齋誌異》與宗教文化〉，頁 212－213。

34　梁秉鈞：〈關於詠物詩的筆記〉，載集思編：《梁秉鈞卷》，頁 172。

35　梁秉鈞：《東西》，頁 167－168。

36　陳素怡主編：《僭越的夜行》，下卷，頁 501。

（一）詠物詩中的「與物對話」

梁秉鈞在《梁秉鈞卷》開宗明義收入了一輯題為〈詠物詩〉的作品。這些早期的詠物詩寫於八十年代或以前，基本上可以反映出他希望與物對話的渴求。這些年來為了達到了解不同事物的目的，詩人不惜化身為不同的物，其中〈釀田螺〉是一個最為極端的例子。梁秉鈞在詩中「變身」田螺，用第一人稱說明田螺打從在田裏被撿起開始，它如何面對自己被烹調，變成一道「名貴」菜式的過程和心路歷程，其間完全沒有人的影子。[37] 除了食物詩以外，梁秉鈞在其他詠物詩中也有描述「變形」的情況。例如在〈鳳凰木〉這首詠物詩中，詩人便道出物我轉化的一個過程。根據梁的解釋，「現代的『物』以及人與物之間的關係比以前複雜，〈鳳凰木〉是以詩人的觀點描寫樹木（即『你』），但到了詩末，卻變了以樹木的眼睛回看詩人。」[38] 詩人寫道：「我有時也不免懷疑／這不斷對一切搖首的花葉／可也看到我有不同的枝椏／長向不同的方向？／我不要你用既定的眼光看我」。[39] 詩的最後部分，詩人有物化的傾向，他好像變成了樹木，有不同枝椏；相反，樹木卻似轉化為人，長出了眼睛來。

相對來說，〈成都早晨〉的變形最為多樣。詩中的敘事者「我」，一會兒是人、一會兒是樹，還有變成「臘肉」、「菜頭」、「老機車」、「微風」。詩的結尾部分留下一個懸念。一方面，敘事者「變回」人

37 梁秉鈞：《蔬菜的政治》，頁 43。
38 陳素怡主編：《僭越的夜行》，下卷，頁 505。
39 集思編：《梁秉鈞卷》，頁 139。

形，「我揹起背囊乘車離去」；另一方面，當敘事者「我」回頭再看，他「看見另一個我留下來 / 是菜葉淌下的水滴在路邊 / 等待霧散後的陽光」。[40] 換言之，敘事者「我」由人變成不同的物，來感受成都這個城市。他不單有變形的能耐，而且還可以分身。最後「我」變成兩個，一個變回人形；另一個「我」則以物（水滴）的形態留在成都，但相信成為水滴的我很快會被陽光蒸發，消失得無影無蹤。

從以上簡單的分析看來，梁秉鈞的詠物詩很早已有打破人和不同物種界線的傾向。值得注意的是，由於這些詩中描寫的物化都是出於詩人的需要或主導，完全不存在人類的個體自我受到威脅，所以詩人的詠物詩一般對物化保持較中立的態度。梁秉鈞較着重以不同角度，包括從人或物的角度多了解他描述的東西。例如，詩人在詩中分別「變成」了田螺、鳳凰木及成都裏不同的東西，好讓他對描寫的物有更深的認識。然而，〈聊齋〉這組詩卻顯示了當梁秉鈞感到人類的權威受威脅時，他對人與物的關係變得謹慎，並且會以人類的利益作優先考慮。

（二）〈聊齋〉組詩的「物我關係」

〈聊齋〉組詩和梁秉鈞其他詠物詩最大的分別是，這些詩的內容在很大程度上受《聊齋》的故事內容限制。至於《聊齋》令詩人感到人類的權威受到威脅的其中一個原因，相信與這些故事傾向重視物

40　同上，頁 152。

（異類）有關。《聊齋》有些篇章甚至隱含「人不如物」的主題。[41] 梁秉鈞用來改寫的《聊齋》[42] 故事共有十一個，這些故事都與異物有關，亦涉及人和異物互變：包括〈促織〉（蟋蟀）、〈黃英〉（菊花）、〈葛巾〉（牡丹）、〈鴿異〉（鴿子）、〈綠衣女〉（蜜蜂）、〈畫皮〉（鬼怪）、〈青蛙神〉（青蛙）、〈石清虛〉（石頭）、〈魯公女〉（鬼怪）、〈彭海秋〉（神仙）和〈畫壁〉（神仙）。當這些《聊齋》的故事內容，特別涉及到人和物的關係，觸及到人的權威受威脅時，詩人會改寫《聊齋》，不至於讓人感到「人不如物」。

如果按照人和物的關係劃分的話，〈促織〉、〈黃英〉、〈葛巾〉和〈鴿異〉在不同程度上隱含了「人不如物」的內容。這四個故事讓人感到物（蟋蟀、菊花、牡丹及鴿子）比人更明白事理，如果按照原本的故事改寫成詩歌的話，或多或少會威脅到人的權威，所以梁秉鈞在改寫這些故事成為詩時（除了〈葛巾〉保留原本的題目外，梁秉鈞的詩改題為〈蟋蟀〉、〈菊精〉及〈鴿情〉），作了較大的改動。剩下來的七首詩籠統來說都可以歸納為一類：人和物的關係較平等，在某些故事中兩者同樣有缺陷，例如，〈青蛙神〉、〈綠衣女〉和〈畫皮〉（除

---

41 黃麗卿在〈《聊齋誌異》狐仙「形變」之意義〉中以〈蓮香〉為例，指出蒲松齡認為：「當鬼狐與具人身者作一褒貶論斷時，竟然人身比鬼狐更不如。」（頁 22）。另外，有關《聊齋》對物較重視這點，可參考高桂惠：〈「物趣」與「物論」：《聊齋誌異》物質書寫之美典初探〉，《淡江中文學報》，第 25 期，2011 年，頁 69－94。至於為什麼明末清初出現一種對物重視的風氣，除了可參考高桂惠的文章，也可參考李惠儀：〈世變與玩物——略論清初文人的審美風尚〉，《中國文哲研究集刊》，第 33 期，2008 年，頁 35－76。雖然李惠儀的文章沒有論及《聊齋》，但她嘗試對明末清初文人玩物風尚的解析，多少有助我們了解蒲松齡身處的環境。

42 本文所引《聊齋誌異》為張友鶴輯校：《聊齋誌異會校會注會評本》（上海：上海古籍出版社，1983）。

了〈畫皮〉保留原來的題目外；梁秉鈞把另外兩首改作〈青蛙公主〉和〈綠蜂〉）。在另外一些故事中，例如〈石清虛〉、〈魯公女〉、〈彭海秋〉和〈畫壁〉（除了〈畫壁〉外，梁秉鈞把其他三首詩改題為〈石仙〉、〈轉世〉和〈良夜〉），人和異物在不同程度上相知相交。文章以下部分將先簡單介紹梁秉鈞沒有對人和物的關係作出太大改動的一類；然後，再集中討論〈葛巾〉、〈菊精〉、〈蟋蟀〉及〈鴿情〉四首詩。

（1）〈青蛙公主〉、〈綠蜂〉和〈畫皮〉

梁秉鈞在〈聊齋〉組詩中改動較大的是和「人不如物」有關的話題。當人和物各有不是的故事轉化為詩時，改動的幅度不算很大，被改作〈青蛙公主〉的〈青蛙神〉是一個最典型的例子。〈青蛙公主〉這首詩由七段組成，除了第一及第七段以外，其餘五段都是十娘（即青蛙公主）和薛昆生的對話。[43] 十娘的父母（即青蛙神）很早便看上薛昆生，要把女兒嫁給他。薛昆生的父母開始時不願意娶青蛙神的女兒作媳婦，後來昆生被十娘的美貌吸引了，兩人終成眷屬。然而，婚後出現了不少矛盾，梁秉鈞以對話的形式，讓人類（薛昆生）及異物（十娘）各自陳述對方的不是，大有各打五十大板的味道。

〈綠蜂〉是根據〈綠衣女〉改寫而成的。說到缺陷，故事中的書生于璟和綠衣女也不算做了什麼錯事。青蜂化成的綠衣女把自己比作

43　梁秉鈞：《東西》，頁 111－112 。

「偷生鬼子常畏人」。[44] 她對書生的愛當然是一種逾越，所以她經常害怕被發現。書生無知，硬要綠衣女唱歌，結果驚動了附近的蜘蛛，青蜂差點被蜘蛛殺掉。梁秉鈞幾乎在詩中如實表現故事內容，也許唯一較有影響的改動是，詩人沒有指出是書生堅持要綠衣女唱歌這點。[45]

〈畫皮〉裏的鬼物要找人替牠做鬼，當然是極惡，但故事中的王生貪圖美色，真假或忠奸不分，亦是一大缺陷。難怪異史氏嘆息道：「愚而迷者不寤耳。可哀也夫！」[46] 也就是說人類的愚昧及受迷惑，讓人感到可悲。梁秉鈞在改寫〈畫皮〉（詩人保持原來的題目）時選擇了以愛情的角度來切入。王生嘗試探究他和鬼物之間到底有沒有愛情。[47] 詩人沒有在詩中提供答案給我們，無論答案如何，鬼怪的惡毒及王生的無知還是在詩中保留下來。

(2)〈石仙〉、〈轉世〉、〈良夜〉和〈畫壁〉

〈石仙〉是根據《聊齋》故事〈石清虛〉改寫成詩的。〈石清虛〉是這十一個故事中最能表達人和物之間的美好關係，當然我們亦可以看成是一種癡，用異史氏的話來說，人和物達到「士為知己者死」的境界。[48] 刑雲飛愛石。一次偶然機會給他在溪水中發現了一塊特別的石

44 張友鶴輯校：《聊齋誌異會校會注會評本》，頁 679。
45 梁秉鈞：《東西》，頁 108－109 。
46 張友鶴輯校：《聊齋誌異會校會注會評本》，頁 123。
47 梁秉鈞：《東西》，頁 104－105 。
48 張友鶴輯校：《聊齋誌異會校會注會評本》，頁 1578。

頭，愛不釋手。石頭彷彿有靈氣，一心選擇刑雲飛做主人。然而，好事多磨，石頭的名氣太大，多次被強搶，但刑最終失而復得。期間，刑雲飛竟然想過以死殉石。最後，刑雲飛享盡壽數，後人把石頭一起陪葬，誰知慘被盜墓，石頭被盜走了。就在它差點被安排送到新主人手裏之際，石頭墮地，變成碎片，結果，碎片被送回刑雲飛墓裏，一起安葬。梁秉鈞的詩作主要是凸顯對人和物那種相知相交的渴望。詩的最後一段寫道：「走遍五湖四海到頭來尋到什麼？／經歷種種災劫從此彼此更相知／誰能說頑石就不可以對人有情／人尋找的也可以不過是一塊石」。[49] 這種人和物的關係，似曾相識，和梁秉鈞提倡的與物對話十分接近。

〈石仙〉可以代表人與物美好關係的極致，其他三首詩在不同程度上被比下去。例如〈轉世〉是改寫自〈魯公女〉的詩歌，是描述一個至死不渝的愛情故事。書生張於旦對魯公女一見鍾情，感情還沒有開始發展，突然傳來魯公女的死訊。張於旦差點傷心過度而死。因緣際會，魯公女的屍體停在張於旦下榻的寺廟中，於是展開了一段人鬼情緣。數年後魯公女得以投胎轉世，兩人相約在十五年後再見，故事最後亦結局美滿。梁秉鈞改寫這個故事成為詩時，特別強調多年的等候及尋找，人和鬼同樣有一份癡。[50]

相對來說，〈良夜〉（改自〈彭海秋〉）這首詩要表達的內容較為

49　梁秉鈞：《東西》，頁 114。
50　同上，頁 115－116。

簡單，一個中秋晚上書生彭好古遇上神仙彭海秋，兩人一見如故。彭海秋用魔法帶書生到千里以外的西湖遊玩，還結識名妓娟娘。仙人為彭好古和娟娘訂下三年之約。梁秉鈞在詩歌中以彭好古的角度，不住讚嘆自己的運氣，可以遇到彭海秋，及由此而帶出的一切：「今夕何夕？遇見了這樣的嘉客……今夕何夕？遇見了這樣的月亮……今夕何夕？遇見了這樣的女子」。[51]

〈畫壁〉（梁秉鈞的詩保留同一題目）同樣是關於人和神仙交往的故事，這次是凡人朱孝廉與畫中的天女發生感情。開始時天女的畫像是作少女打扮，但自從朱孝廉進入畫中與天女發生關係後，天女畫像隨即發生變化。後來朱孝廉返回人間再看畫像時，天女已作少婦打扮。故事中凡人與仙人交往的過程有驚無險，整體來說，關係良好。梁秉鈞的詩基本上如實改寫，過程同樣活潑生動。

梁秉鈞把上述七個《聊齋》故事改寫成詩時，基本上沒有對人和物的關係作出大幅改動，相信主要原因是這些故事並沒有明顯帶出「人不如物」的主題。接下來的四首詩，詩人作出較大的改動，其目的是要刪去「人不如物」的內容。

(3)〈葛巾〉

〈葛巾〉（梁秉鈞的詩保留原本的題目）是關於一個花癡的故事。

---

51 同上，頁 110。

小說的主人公常大用是一名牡丹花癡，為了一睹最好的牡丹，他從洛陽到曹州去。常大用在曹州第一次見到葛巾時便說了一句：「娘子必是神仙。」[52] 後來得以和葛巾正式約會，常大用再次強調葛巾是仙人這點：「僕固意卿為仙人，今益知不妄。幸蒙垂盼，緣在三生。但恐杜蘭香之下嫁，終成離恨耳。」[53] 故事發展下去，常大用與葛巾有情人終成眷屬。然而，事隔兩年後，常大用竟然懷疑起葛巾的身份來，葛巾一怒之下把他們的孩子擲在地上，孩子立即消失（孩子墮地處日後長了牡丹出來）。葛巾亦不知所蹤。蒲松齡在故事最後部分借異史氏之口批評常大用「未達也」。[54] 換言之，蒲松齡是指常大用的心胸不夠曠達，對於和異類（花精）通婚這點仍然耿耿於懷。[55]

梁秉鈞基本上把故事的重要情節如實改寫成詩。然而，如果說蒲松齡把重點放在常大用的性格缺陷上的話，梁秉鈞卻把葛巾的問題放大。詩人在〈葛巾〉這首詩的最後一段寫道：「我看見你的臉孔變了顏色，把我們的愛／帶怒擲死在地上，日夜的相愛和期望／剎那化灰。只剩日後墮地處生出紫白的／牡丹，碩大而繁碎一如我們的愛情」。[56] 梁秉鈞最後這幾行詩無疑是把葛巾的暴烈性格凸顯出來。我們

52　張友鶴輯校：《聊齋誌異會校會注會評本》，頁 1436 。

53　同上，頁 1439 。

54　同上，頁 1443 。

55　一般評論都強調蒲松齡（或異史氏）的觀點，即是批評常大用不夠通達。例如，徐文翔：〈《聊齋誌異》「人異戀」的三重境界——以《葛巾》、《黃英》、《香玉》為例〉，《柳州師專學報》，第 26 卷第 6 期，2011 年，頁 13 — 15。張芹玲：〈由愛生情葛巾來　因愛生疑葛巾去——談葛巾來去〉，《〈聊齋誌異〉研究》，2006 年，頁 63－68。譚紅玲：〈溫柔鄉中的堅持——淺析《葛巾》和《黃英》中表現的女性自我意識〉，《〈聊齋誌異〉研究》，2009 年，頁 54 — 58。

56　梁秉鈞：《東西》，頁 99 。

先看到葛巾臉色一變，然後怒極把自己的孩子擲死。接着詩人再用抒情的筆觸，透過常大用的角度，描述他對逝去愛情的依戀。梁秉鈞在這部分的處理，修改了故事中包含的人（常大用）不如物（葛巾）的內容，詩中的人比物顯得有情。

(4)〈菊精〉

《聊齋》故事〈葛巾〉與〈黃英〉經常被放在一起討論，除了兩個故事都是跟花精有關外，另一個原因是關於兩位花精與凡人的感情發展有很大的對比。葛巾的故事收場悲慘；相反，黃英（菊精）的凡人丈夫馬子才發現其妻子兩姐弟是菊精後，反而更愛護有加。當然如果我們細心比較的話，會發現〈黃英〉這個故事的主題要比〈葛巾〉複雜多了，蒲松齡對黃英和馬子才之間的愛情故事着墨不多，反而，較多描寫他們婚後對貧富不同的看法。[57]

〈菊精〉改編自原著故事〈黃英〉，是關於一個愛菊如命的男子

57 關於〈黃英〉中的複雜主題，可參考的長篇論文有陳翠英〈《聊齋誌異．黃英》在日流播：文本改寫與文化傳釋〉一文，其中作者對貧富的主題及陶淵明的風骨和〈黃英〉的關係有深刻的分析。與此同時，陳翠英點出愛情並不是這篇故事的主題。（頁 7）短篇文章可參考劉湘吉：〈「君子固窮」觀念與新價值觀念之較量——從《聊齋誌異．黃英》談起〉，《作家雜誌》，第 7 期，2011 年，頁 126－127。賈建鋼、李紅霞：〈穿越文本的文化洞觀與符號詮釋——文化傳統與符號批評視野中的《聊齋誌異．黃英》詮解〉，《〈聊齋誌異〉研究》，2011 年，頁 52－57。王長順：〈士人「安貧樂道」價值標準的執着守望——《聊齋誌異．黃英》的文化解讀〉，《作家雜誌》，第 9 期，2009 年，頁 120－121。張宏：〈從黃英形象看蒲松齡的女性審美期待〉，《〈聊齋誌異〉研究》，2010 年，頁 24－31。尚丹：〈傳統的斷裂與回歸——《聊齋誌異．黃英》解讀〉，《長治學院學報》，第 25 卷第 3 期，2008 年，頁 47－49。當然，亦有文章強調《聊齋誌異．黃英》中的愛情故事，見注 55 中提到的徐文翔及譚紅玲的文章。

（馬子才）的故事。馬子才一次在路上偶遇陶姓兩姐弟，由於大家都是愛菊之人，所以一見如故，馬子才邀請姐弟倆同住。姐弟倆因為貧窮，於是想到賣菊為生，馬子才不以為然，只覺得兩姐弟庸俗，做弟弟的回應道:「自食其力不為貪，販花為業不為俗。人固不可苟求富，然亦不必務求貧也。」[58] 原來姐弟二人是菊精，所以種出來的菊花與別不同。後來馬子才跟黃英結婚，但為了表示清高，要跟黃英賣菊得來的財富撇清，堅持分開住。做弟弟的特別愛喝酒，一次喝醉倒地變成一株菊花，經姐姐黃英料理後，弟弟變回人形。馬子才看到弟弟的真面目後不但沒有害怕，反而「益愛敬之」。[59] 不久以後，弟弟又一次喝醉倒地，這次馬子才沒有喚姐姐來照顧，以為自己可以處理，誰知弟弟最後枯萎，沒法變回人形。雖然黃英努力照顧，但陶生無法變回人形，只能以菊的形態生存下去。由於以酒澆花的關係，菊花發出酒香，名為「醉陶」。有趣的是異史氏在故事的結尾處略有為馬子才說話。他嘗試指出世人認為醉死十分可惜，但對逝者來說未嘗不是一件快事。[60]

話雖如此，如果我們細心思考，這個故事其實處處寫到人類的無知。例如馬子才自命清高，眼看陶氏姐弟生活艱難，還對他們以賣菊為生加以否定。與黃英結婚後，馬子才亦礙於原則，要與妻子分開居住。後來，馬生的態度有所改進，接受與黃英一起居住，但他的無知卻直接害死了陶生。他以為自己懂得處理陶生醉倒後的情況，讓他變

58　張友鶴輯校：《聊齋誌異會校會注會評本》，頁 1447。
59　同上，頁 1451。
60　同上，頁 1452。

回人形，結果因為處理失當的關係，令陶生不能變回人類的形態。簡單來說，原著處處隱藏着「人不如物」這個意念。

梁秉鈞的〈菊精〉與〈黃英〉最大的分別是前者完全沒有提過黃英的故事，全首詩是關於陶生的。這種處理方法，無疑淡化了馬子才自命清高的缺點。更重要的是，詩人絕口不提陶生變成菊花的真正原因。這點實在有助減低馬子才的無知。與此同時，梁秉鈞整首詩用了馬子才第一人稱的角度，以「益愛敬之」的態度來描述他對陶生的敬愛。結果，當然不是要寫成「物不如人」，但至少也沒有「人不如物」的內容。

〈菊精〉由四段組成，其中第一段與第三段都以「我舉杯敬你」這句為開端。詩中的「我」應該是指馬子才，而「你」是指黃英的弟弟——陶生。馬子才對菊花充滿敬意，由始至終只看出他懂得欣賞菊花，並沒有看出他的無知。例如，梁秉鈞也有描述馬子才跟陶生對於賣菊花的看法有別：「我以黃花為清雅／你販花卻並不愴俗／你一再改變我的想法／你的神秘我無從譏訝／你到底是誰？」[61] 詩人的寫法讓人感到馬子才態度開放，他對於陶生以販賣菊花為生沒有任何的苛責，馬子才的態度只有恭敬及接受。詩中更沒有提到因為出於無知，馬子才把陶生弄得無法變回人形。我們可以看看在梁秉鈞筆下，陶生如何永遠變成菊花：

61　梁秉鈞：《東西》，頁 97 。

我舉杯敬你／你老是不醉／我愛你喝得痛快／我愛你活得暢快／讓我親近你磊落的胸懷／你來了你走了你摔倒了／怎麼只剩地上一堆衣裳？／你化為拔高的菊的形相[62]

詩中的陶生喝醉了，很自然的倒了下來，變成菊花，因為詩中完全沒有黃英這個角色的關係，當然沒有施救的情節，更沒有後來馬子才的失誤，令陶生無法變回人形。

馬子才在〈菊精〉中對菊花或菊精表現出的崇敬態度多少有自我貶抑的意思，但讀者無論如何也不會得出「人不如物」的結論。馬子才儼然變成一個愛花及懂得解花的人。陶生醉倒，永遠變成菊花形狀後，梁秉鈞描述馬子才的心態：「我願從今日夜灌溉你／守候你結出酒香的花蕾／說不盡的話在我心裏／飲不盡的酒用來澆你／你永遠都不醉」。[63] 簡單來說，馬才子在詩中只能算是一個花癡。

（5）〈蟋蟀〉[64]

〈蟋蟀〉在〈聊齋〉組詩中改動最大，因為原著故事〈促織〉對「人不如物」作出的控訴最為強烈。〈促織〉是寫明宣德年間（1426－1435）封建帝皇好鬥蟋蟀，各級官吏為了獻媚，用盡方法欺壓百姓，

62　同上，頁 97－98 。

63　同上，頁 98 。

64　《聊齋．促織》和卡夫卡的〈變形記〉有很多值得討論的地方，由於溢出這一章的範疇，所以不在這裏分析。相關討論可參考注 13 列出的文章。

要麼獻上蟋蟀，要麼用錢解決問題。故事主人公名叫成名，與妻子及九歲大兒子過着貧窮生活，好不容易找到一隻蟋蟀，以為可以解決問題。誰知道給兒子錯手弄死了蟋蟀，兒子生怕父母責罰，投井自盡。正當成名夫妻要埋葬兒子時，卻發現他還有氣息，好像並沒有死去。原文是這樣描述的：「日將暮，取兒藁葬，近撫之，氣息惙然。喜寘榻上，半夜復甦，夫妻心稍慰。但蟋蟀籠虛，顧之則氣斷聲吞，亦不敢復究兒。」[65] 這部分內容最值得注意的是成名的兒子在半夜裏死而復生，夫婦二人當然感到安慰，但對於失去蟋蟀一事仍然發愁，只是不敢做聲，責怪兒子。這個片段是我們最後一次聽到有關成名兒子的消息。

事發後第二天一早，兩夫妻聽到門外有蟋蟀叫聲，意外得到一隻個子很小、其貌不揚，但卻極為善戰的蟋蟀。成名得到蟋蟀後，為了測試蟋蟀的實力，接受村中少年的蟋蟀挑戰。這大概是成名那隻蟋蟀第一場戰鬥，開始時牠顯得不知所措，呆若木雞，在成名再三撩撥後，牠拼死一戰，戰勝後，不忘報告主子：「蟲翹然矜鳴，似報主知，成大喜。」[66] 成名一家因為這隻蟋蟀的關係過着富裕的生活。異史氏對於成名夫婦沒有什麼責備，還說是成名為人善良忠厚，所以上天要

65　《聊齋‧促織》的版本問題較多，直接影響人和物關係的表述。內文依據的主要是手稿本內容，除了引用張友鶴輯校的《聊齋誌異會校會注會評本》的內容外，亦參考了張友鶴選注《聊齋誌異選》中青柯亭本的解說。手稿本與青柯亭本在某些內容上的描述有較大分別，後者補充了成名兒子的去向。「後歲餘，成子精神復舊，自言『身化促織，輕捷善鬥，今始蘇耳。』」兒子復生後一直在睡夢中，過了一年多後才甦醒，表明自己在昏睡期間化身蟋蟀。見張友鶴選注：《聊齋誌異選》（北京：人民文學出版社，1978），頁 128。本文採用手稿本，除了認為較貼近蒲松齡的原意，主要是認為梁秉鈞在改寫過程中，應是以手稿本為根據，因詩人的改寫似是補充手稿本的內容。這點會在內文中說明。引文見張友鶴輯校：《聊齋誌異會校會注會評本》，頁 486－487。

66　張友鶴輯校：《聊齋誌異會校會注會評本》，頁 488。

獎勵他，讓他從此過上好日子。諷刺的是那些以前迫害成名的官吏也因為呈上小蟋蟀而得到好處：「天將以酬長厚者，遂使撫臣、令尹，並受促織恩蔭。」[67] 蒲松齡在故事的結尾部分不無諷刺的說道「一人飛昇，仙及雞犬」。[68] 成名一家固然透過捕獲神奇蟋蟀過上好日子，而那些幫忙把蟋蟀呈上上位者的（例如巡撫）也得益。這個版本最耐人尋味的地方是成名兒子的去向問題及成名夫婦對兒子的不聞不問。相比之下，這隻來歷不明，看似弱小的蟋蟀，反倒顯得有情。「人不如物」的主題十分明顯。

梁秉鈞對這個故事的改寫幅度較大，雖然詩人從來沒有交待他的〈聊齋〉組詩是根據哪一個《聊齋》版本改寫而成的，但從他的改寫內容來看，應該是針對手稿本（即上面引述的版本）來改寫的。主要的理由是梁秉鈞以物化後的兒子，即那隻善戰的蟋蟀的角度來補充原著故事較為模糊的部分。相對於青柯亭本，手稿本的〈促織〉對於兒子的「死而復生」沒有多作描述，兒子好像從此由故事中消失了一般，前者反而清楚交代了兒子一直昏睡，一年多後甦醒過來，並且告訴大家在迷糊中他化作小蟋蟀。按照青柯亭本詮釋的話，並不存在「人不如物」的問題。後來「成子精神復舊」[69]，更加談不上要負上任何道德責任了。由此看來，只有根據手稿本改編，梁秉鈞才需要大費周章改寫人與物的關係。

67　同上，頁 489。
68　同上。
69　見注 65。

〈蟋蟀〉這首詩由二十四行，分成十二段組成。整首詩從物化後的兒子（即是蟋蟀）的角度描寫。詩人在開首部分（第一、二段）立即填補原著（手稿本）的空白，並且美化人類（成名夫婦）的形象：

> 爸爸，請不要再對我生氣了／你們也不用到處去尋找我了／兒子要化身成一頭促織／來報答父母養育的恩勞[70]

首先，兒子把社會上的畸形現象（蟋蟀的生命比人的更重要）都接受了，認為父母因為自己弄死了辛苦找來的蟋蟀而生氣是對的。然後，兒子把自己的物化（變成蟋蟀）說成是為了報恩，結果，我們更加不能怪責成名夫婦了。詩作把兒子由於被母親責罵，亦害怕父親回家後追究，結果投井自盡這部分情節刪去，梁秉鈞直接描寫兒子為了報答養育之恩，解決父親沒有蟋蟀上繳的危機，於是自願變成蟋蟀。

詩作的中間部分是關於鬥蟋蟀的情況，這部分跟原著接近。只是詩的最後再次強調自己是自願變蟋蟀的，而且父母為此亦十分傷心，兒子勸慰父母不要傷心：「你們也不過是要應付上官的嚴限／就讓我做你們的蟋蟀吧／不要為我哭泣不用為我悲傷／我不會怪你們你們有你們的難處」。[71] 這裏點出了變做蟋蟀是一件悲傷的事情，物我之分十分明顯。最後兒子控訴這一切的不幸跟「上官」有關，故事的寓意十分清晰，但這個直接的主題反而不及間接反映出來「人不如物」的主題，只是這個主題是要通過把《聊齋・促織》手稿本及〈蟋蟀〉對讀

70 梁秉鈞：《東西》，頁 102。
71 同上，頁 103。

才可以看出來，如果我們單獨看〈蟋蟀〉這首詩的話，是完全看不到「人不如物」的主題。梁秉鈞通過改寫想我們看到一個孝順的兒子（或一隻蟋蟀）及愛護兒子但飽受官府壓迫的父母。簡單來說，人和物的關係在詩中表現得十分和諧。

（6）〈鴿情〉

《聊齋．鴿異》大概是梁秉鈞選擇的十一個故事當中，人類的表現最為惡劣的一個。詩人把故事改編成〈鴿情〉後，「人不如物」的主題淡化了。〈鴿異〉是關於一個鴿癡的故事。張功量愛鴿如命，家中養了不同種類的鴿子。一天晚上，一個身穿白衣的少年不請自來。白衣少年不肯報上名字，但因為同樣愛鴿子的關係，與張生一見如故。白衣少年隨後帶張生觀賞自己養的鴿子。由於少年養的鴿子非比尋常，張生死命要求對方相贈。最後少年經不起張生哀求，送了兩隻品種稀有、幾近透明，可以看穿臟腑的鴿子給張生。送過鴿子後，少年化成鴿子飛走了。張生對少年送贈的鴿子珍而重之，稱這種鴿子為�靼。在張生細心照料下，鴿子竟然繁殖了後代。就在這時，張生父親的一個官員朋友問起張生的鴿子來。最後，張生無奈送了兩隻鞑靼的後代給對方。過了不久，張生有機會再見到這名官員，忍不住問起鴿子的情況，誰知對方答道：「亦肥美。」[72] 張生想不到對方竟然不懂得愛惜鴿子，悔恨不應該把鴿子送給這名官員。那天晚上，白衣少年進入張生夢中，責罵張生讓自己的子孫枉死，要把他送贈的鴿子帶

72　張友鶴輯校：《聊齋誌異會校會注會評本》，頁 841。

走。翌日，少年送的鴿子當然沒有了，張生亦把自己的鴿子全數送給朋友。

這個故事中的物／鴿子／白衣少年誤以為自己找到知音，像〈石清虛〉的石頭一樣找到一個願意以死殉石的刑雲飛。然而，鴿子在故事中所託非人。張生也許受到父親的壓力，但程度上比起刑雲飛或成名要面對的逼害差太遠了。話說回來，就算張功量真的被逼迫要送出鴿子，他也犯不着要把最珍貴的送出去，這分明是要巴結。鴿子說到底並不是他不停掛在口邊最重要的東西。異史氏最終批評道「鬼神之怒貪而不怒癡也」。[73] 異史氏認為張功量是貪，而不是鴿癡，所以引起神（白衣少年）的憤怒。至於那個暴殄天物的官根本更加不值一哂，人類庸俗、醜惡至此，物顯得品格崇高、脫俗，「人不如物」的主題在〈鴿異〉中最清楚不過。

梁秉鈞在〈鴿情〉中差不多完全把張功量排拒在故事以外。全詩以白衣少年的角度展開，他亦比原著故事中那個少年更能看透人情世故，不容易被騙。這首詩由五段組成，每段五行。開首兩段的改動不大，內容跟故事中張生和白衣少年初次見面一樣。第三段詩人嘗試透過兩隻白鴿的相知、相交說明何謂知音。這部分是描述少年帶張生看他兩隻鴿子的情形：

聲音變得像古磬，愈鳴愈急／愈鳴愈急，卻是兩兩相和／兩兩相

73　同上，頁842。

知，那裏有無盡的往來／一頭飛去了另一頭不禁顛倒引呼／顛倒引呼，有無盡的迎拒與翻騰[74]

這裏點出知音是指兩個人（或東西）在情感和思想上相知、相交，雙方的溝通來回往返，沒有阻隔。詩人用兩隻鴿子在天上飛翔，互相呼應這個具體意象來說明這種抽象的境界。在第四段的開首兩句中，白衣少年指出張生並不真的懂得鴿子：「我認識許多情態，你看了只想擁有／那些多采的姿勢？不要再向我討求」。[75] 少年認為張生只懂得表面或者說喜歡表面看到的東西，所以拒絕送鴿子給張生。這裏當然多少都把張生（人類）看低一線。然而，由於沒有把韃靼送出，所以不存在日後的張生把鴿子轉送給官員，而官員最終把鴿子吃掉的情況。換言之，如果說這首詩多少還是有「人不如物」的色彩，那程度實在比起原著淡多了。

梁秉鈞在詩的最後一段總結道：「時間／孕育看不見的情意。一個人能看見／美好的事物總會動心，但我們的飛翔／不是一種奇技，感情難變蓄賞的玩意」。[76] 詩人認為每一種真正的交往，不論人與人，或者是人與物，甚至是物與物（指動物）的真正交往，都需要時間去培養感情。

74　梁秉鈞：《東西》，頁 100。
75　同上。
76　同上，頁 101。

三

本章透過探討兩個小問題——為什麼梁秉鈞把〈聊齋〉組詩收進《東西》裏？那十一個《聊齋》故事到底按照什麼準則改寫？——以小見大，發現了以下值得注意的地方。首先，《聊齋》中常見的變形主題跟西方現代主義有相通的地方。西方現代主義作品及理論對原始主義中的變形和物化元素有較複雜的看法，有正面的亦有反面的，不能簡單歸納之。梁秉鈞在他的詠物詩中處理變形的手法和西方現代主義作家同樣複雜。詩人一方面對人和物的關係抱開放的態度，他渴望與物對話。另一方面，當詩人感到人的主體及權威受到威脅時，他會盡力維護人的權威。原始主義元素在西方現代主義裏扮演的角色與在梁秉鈞作品中的並不一樣。以西方現代主義來說，那是西方現代文明和所謂較落後地方（或殖民地）文明相遇所帶來的衝擊。當中帶來的種種矛盾是可以理解的。梁秉鈞的處境和西方現代主義作家並不完全一樣，他面對的現代性是由殖民主義帶來的，而《聊齋》中的原始元素——變形，則是由中國傳統文化衍生出來，詩人的複雜反應實在值得日後進一步討論。

同樣值得日後深入討論的是與物有關的話題。梁秉鈞一直對詠物傳統如何在現代轉化十分關注。詩人在他的詠物詩中加入了變形這個原始元素，無疑擴寬了討論物的空間。梁秉鈞對物的理解不止為中國詠物傳統、香港現代主義帶出新的研究面向，亦為近年受關注的物質文化（material culture）討論開拓另類的可能性。

東

與

西……

第三章　魔幻現實主義

《養龍人師門》與拉美魔幻現實主義

也斯[1]早於六十年代已對魔幻現實主義十分關注，例如他在1969年已有文章介紹拉丁美洲文學作家葛塔薩（Julio Cortázar, 1914-1984）、加西亞・馬蓋斯（Gabriel Garcia Márquez, 1927-2014）[2]和波爾赫斯（Jorge Luis Borges, 1899-1986）等的作品。此外，也斯於1972年分別在文學雜誌《四季》翻譯及討論加西亞・馬蓋斯和波爾赫斯等拉丁美洲文學作家的作品。同年，也斯編譯及出版了《當代拉丁美洲小說選》。[3]除了翻譯和介紹魔幻現實主義作品外，也斯在七十年代也寫起了魔幻現實主義作品來，其中《養龍人師門》是他較具代表性的魔幻現實主義小說集。[4]然而，相對於台灣和中國大陸，有關香

1　由於本章以討論也斯的小說為主，所以按照作者出版的慣例，即出版詩集時用原名（梁秉鈞），出版小說時用筆名，本文會用也斯這個筆名為主。

2　加西亞・馬蓋斯（Gabriel Garcia Márquez）也有譯作馬奎斯。本文按照譯者及評論家的譯法，兩個名字都有採用。

3　這部分內容見也斯：《灰鴿早晨的話》（台北：幼獅文化公司，1972）。王仁芸：〈魔幻寫實：也斯小說集《養龍人師門》的創作方法〉，載集思編：《梁秉鈞卷》（香港：三聯書店，1989），頁373－385。黃淑嫻、吳煦斌主編：《回看　也斯：1949－2013》（香港：康樂及文化事務處，2014），頁235。王仁芸在文中詳列也斯在撰寫《養龍人師門》前曾翻譯及介紹的拉美魔幻現實主義作家及作品。

4　鄭樹森分別在《現代中國小說選 III》導言（台北：洪範書店，1989，頁18－19）及《小說地圖》（台北：一方出版有限公司，2003，頁70），先後提過也斯是中、港、台三地中較早嘗試運用魔幻現實主義的作家，其中鄭以收錄在《養龍人師門》中的〈李大嬸的袋錶〉為例子說明。此外，也斯在《養龍人師門》（2002年的版本）的〈小

港魔幻現實主義的討論並不算多，就以《養龍人師門》為例，亦沒有受到太大的關注。[5] 近日有論述嘗試勾畫香港魔幻現實主義發展的線索，這些作家包括也斯、西西、董啟章、韓麗珠和謝曉虹等。[6] 本章認為釐清也斯作品的魔幻現實主義特色，不單讓我們更好地了解香港魔幻現實主義的源頭，有助進一步討論這種文學技巧在香港發展的軌跡，亦方便日後與不同國家和地區的魔幻現實主義作品做比較。

序〉中點出了這部小說集「有受南美小說啟發的魔幻想像」（香港：牛津大學出版社，2002，頁 viii）。還有，王仁芸亦指出也斯的魔幻現實主義作品「絕對有可能受過拉丁美洲魔幻寫實作品的啟發，也許是先譯介然後從中吸取創作方法。」見〈魔幻寫實：也斯小說集《養龍人師門》的創作方法〉，頁 376 。另外，黃偉傑、張威敏及蕭劍峰在〈養龍神話的魔幻化重寫：讀也斯《養龍人師門》〉中引述也斯的口述歷史，直認受拉美魔幻現實主義作品的影響。輯於《神話與文學論文選輯 2008－2009》，2009 年，頁 220－238。這部分內容可參考：Digital Commons@Lingnan University（http://commons.ln.edu.hk/chin_proj_4/11/）（瀏覽日期：2017 年 7 月 17 日）。雖然也斯另一本小說《剪紙》的部分內容也用了魔幻現實主義的手法，王仁芸甚至認為《剪紙》把魔幻手法寫得更淋漓盡致（見〈魔幻寫實：也斯小說集《養龍人師門》的創作方法〉，頁 385），但考慮到《剪紙》中魔幻想像所佔篇幅不多，手法和《養龍人師門》中「想像的」那輯十分接近，加上無論也斯或其他論者亦較少從魔幻現實主義的角度來討論《剪紙》的關係，所以本文將集中討論《養龍人師門》這部小說集。

5　有關也斯作品與魔幻現實主義的討論主要包括：王仁芸：〈魔幻寫實：也斯小說集《養龍人師門》的創作方法〉及黃偉傑、張威敏、蕭劍峰：〈養龍神話的魔幻化重寫：讀也斯《養龍人師門》〉兩篇。在少量研究《養龍人師門》的論文中，也有從其他角度（非魔幻現實主義的角度）來討論這部小說集的個別短篇故事。例如陳炳良的〈養龍人與大青馬——一個心理與文化的比較分析〉及〈尋言以觀象——也斯小說《象》的一種讀法〉，《形式、心理、反應——中國文學新詮》（香港：商務印書館，1996），頁 223－244，頁 245－254。前者以心理分析為主，後者則較着重結構主義和解構主義的閱讀。劉燕萍的〈神話、成長與復生——論也斯《養龍人師門》〉，《文學論衡》，第 27 期，2015 年，頁 15－23，以成長小說來分析〈養龍人師門〉。由於本文以拉美魔幻現實主義和《養龍人師門》的關係作為討論焦點，所以其他話題有待日後再探討。至於台灣及中國內地對魔幻現實主義的討論可參考以下論述：陳正芳：〈魔幻現實主義在台灣小說的本土建構：以張大春的小說為例〉，《中外文學》，第 31 卷第 5 期，2002 年，頁 131－164。陳正芳：〈淡化「歷史」的尋根熱——重探大陸新時期小說的魔幻現實主義〉，《中外文學》，第 38 卷第 3 期，2009 年，頁 115－148。陳正芳：《魔幻現實主義在台灣》（台北：生活人文，2007）。柳鳴九主編：《未來主義、超現實主義、魔幻現實主義》（北京：中國社會科學，1987）。曾利君：《魔幻現實主義在中國的影響與接受》（北京：中國社會科學出版社，2007）。陳黎明：《魔幻現實主義與新時期中國小說》（保定市：河北大學出版社，2008）等。

6　這部分內容參考鄧小樺：〈無法直述的我城——評韓麗珠、謝曉虹《雙城辭典》〉，鄧小樺網誌（http://tswtsw.blogspot.hk/2012/09/blog-post_16.html），2012 年 9 月 16 日發表（瀏覽日期：2017 年 7 月 17 日）。

《養龍人師門》一共出了兩個版本。第一個版本於 1979 年由台灣民眾日報出版社出版（以下簡稱為初版）；較新的版本是由香港牛津大學出版社於 2002 年出版的（以下簡稱為新版）。也斯特別在新版的〈小序〉中提到，寫《養龍人師門》那段時間「有受南美小說啟發的魔幻想像」。[7] 值得注意的是新版並不是單純的把初版重印，也斯在重新排印中作了一些重要的改動。兩個版本的小說集都是由兩輯組成，分別題為「寫實的」和「想像的」。[8] 新版對「寫實的」那一輯改動較大。也斯在新版「想像的」那一輯裏把原有的短篇〈李大嬸的袋錶〉（下稱〈李大嬸〉）、〈蛾〉、〈玉杯〉、〈修理匠〉、〈雜技的故事〉（下稱〈雜技〉）、〈找房子的人〉（下稱〈找房子〉）及〈養龍人師門〉（下稱〈養龍人〉）都保留下來，另外加入一篇〈持傘的〉；至於所謂「寫實的」那一輯在新版本中則由原本的九篇改為七篇。原來的版本保留了〈第一天〉、〈象〉、〈斷耳的兔子〉（下稱〈斷耳〉）、〈熱浪〉四篇，另外新加入了〈盂蘭節〉、〈毛主席去世的那天〉（下稱〈毛主席〉）及〈平安夜〉。按照也斯的說法，他早年寫了一系列以節日為題材的短篇，在新版中選了風格較接近的〈盂蘭節〉及〈平安夜〉，收錄其中。[9]

自《養龍人師門》出版以來，用魔幻現實主義切入直接討論這部小說集的評論文章並不算多，較有代表性及影響力的是王仁芸的〈魔

7　也斯：《養龍人師門》，頁 viii。
8　同上，頁 244 。
9　同上，頁 viii。

幻寫實：也斯小說集《養龍人師門》的創作方法〉。[10] 王的論文成於1986年，分析的焦點自然是1979年出版的台灣版本。王仁芸認為除了〈找房子〉這篇外，其他短篇〈李大嬸〉、〈蛾〉、〈玉杯〉、〈修理匠〉、〈雜技〉及〈養龍人〉「都在不同程度上運用了魔幻寫實的創作手法」。王進一步指出那些不「魔幻」的作品不會被納入分析之列，建議另文討論。[11] 事實上，也斯在初版的〈後記〉中曾說明《養龍人師門》「編的時候把它們分成兩輯……在小說裏寫實與想像兩輯的區別亦未必那麼分明」。[12] 換言之，收錄在「寫實的」那一輯裏亦可能帶有魔幻色彩。王仁芸的文章只討論了初版的部分內容，也斯事隔二十三年後把他的少作重新編排、增刪推出的《養龍人師門》新版，亦可以視為最終定稿版本，但至今仍甚少研究，實在值得評論關注。

新版最值得關注的是「寫實的」那輯的改動。正如上面提到，也斯保留了原有的四篇，另外加上〈盂蘭節〉、〈毛主席〉及〈平安夜〉三篇作品。其中〈盂蘭節〉最早在也斯創辦的《四季》文學雜誌創刊號（1972年11月）出現，就在同一期也斯刊登了「加西亞・馬蓋斯專輯」，也斯在專輯內撰寫了〈馬蓋斯與「一百年的孤寂」〉一文。[13] 本章認為〈盂蘭節〉與魔幻現實主義除了有客觀的淵源外，從作品特

10　除了王仁芸的文章外，黃偉傑等的論文亦是以魔幻現實主義直接切入討論《養龍人師門》；然而，論文只集中討論也斯定義為「想像的」那一輯作品中的其中一篇〈養龍人師門〉，實在有待補充。

11　王仁芸：〈魔幻寫實：也斯小說集《養龍人師門》的創作方法〉，頁373。

12　也斯：《養龍人師門》，頁244。

13　也斯：〈盂蘭節〉，見四季編輯委員會：《四季》，第1期，1972年11月，頁17－25。也斯：〈馬蓋斯與「一百年的孤寂」〉，見四季編輯委員會：《四季》，第1期，1972年11月，頁90－99。

徵來看，它比起新版裏的其他小說更接近拉美魔幻現實主義作品的特色。

本章將在前人討論的基礎上，通過對也斯《養龍人師門》的新版作整體討論，試圖說明也斯魔幻現實主義作品的特色。魔幻現實主義由上世紀三四十年代發展至今天出現了不同的變異，但基於也斯承認當年是直接受拉美魔幻現實主義影響的，例如上面提到的葛塔薩、馬蓋斯和波爾赫斯，所以下面的討論焦點會放在拉美魔幻現實主義這一塊。[14] 本章將分為三個主要部分進行探討，接下來的部分會先說明拉美魔幻現實主義的基本特色，當中分別參考及比較也斯在《四季》「加西亞・馬蓋斯專輯」的內容，及近年關於拉美魔幻現實主義的討論。第二及第三部分會根據第一部分整理出來的拉美魔幻現實主義特色，分別討論新版中被也斯劃分成「想像」及「寫實」的兩輯作品，希望透過作品的分析及比較，說明〈盂蘭節〉這篇小說較接近拉美魔幻現實主義作品的特色。

一

魔幻現實主義的起源具有一定的爭議性。雖然魔幻現實主義這個詞最早於 1925 年被德國藝術評論家佛朗次・羅（Franz Roh）用來評論後期表現主義畫家奧托・迪克斯（Otto Dix）及馬克斯・貝克曼

14 有關魔幻現實主義的變異（variants）可以參考鄭樹森：《小說地圖》，頁 42－78。

（Max Beckmann）等，但魔幻現實主義作為一種文學技巧，一般是指二十世紀三四十年代以後在拉丁美洲出現的文學作品。[15] 魔幻現實主義的起源或接受的影響有相當的複雜性，例如關於拉美魔幻現實主義的來源便出現了最少三種可能：一是得到卡夫卡作品的啟迪，二是受超現實主義的影響；另外一種說法是因拉美的土壤文化或當時的社會狀況自然產生。[16] 雖然魔幻現實主義的來源較複雜，但評論家還是嘗試整理它的定義和特色。梅林（Joan Mellen）認為魔幻現實主義是一種小說技巧，它把幻想和自然的現實（raw physical reality）或社會現實結合在一起，主要目的是探求埋藏在日常生活表面下的真理。[17] 梅林提到的幻想和現實結合這點，基本上都可以在其他評論家的定義中找到，雖然不同的評論家對魔幻現實主義的內容有不同程度的補充。

例如根據華恩斯（Christopher Warnes）的看法，魔幻現實主義最基本的定義是指一種把超自然正常化及常態化的敘事模式。這種模式把真實及幻想、自然及超自然，以一種平等的姿態，連貫的表現出來。[18] 華恩斯的定義最特別的地方是他認為幻想及現實這兩種元素是平等的、份量相當的，而且這兩種元素之間的關係是和諧的。事實上，

15　有關魔幻現實主義起源及特色的討論主要參考以下資料：Joan Mellen, *Literary Topics: Magic Realism*（New York: Gale Group, 2000）, pp. 1-22. Lois Parkinson Zamora and Wendy B. Faris, *Magical Realism: Theory, History, Community* (Duke: Duke University Press, 1995), p. 15. 其中收錄在這本論文集裏的論文，又以 Angel Flores,"Magical Realism in Spanish American Fiction", pp. 109-118 及 Luis Leal, "Magical Realism in Spanish American Literature", pp. 119-124 與這部分最有關聯。整體來說，Joan Mellen 的 *Literary Topics: Magic Realism* 對這部分的討論幫助最大。

16　這部分的分析見鄭樹森：《小說地圖》，頁 42－78 。

17　Joan Mellen, *Literary Topics: Magic Realism*, p. 1.

18　Christopher Warnes, *Magical Realism and the Postcolonial Novel: Between Faith and Irreverence* (Basingstoke: Palgrave Macmillan, 2009), p. 3.

到底幻想和現實這兩種元素是否處於和諧狀態便有很多不同意見。一方面，華恩斯、坎納迪（Amaryll Chanady）及法瑞絲（Wendy B. Faris）認為幻想和現實在魔幻現實主義作品中呈現一種和諧；另一方面史利蒙（Stephen Slemon）及坎路薇（Ursula Kluwick）指出這兩種元素經常處於戰爭的狀態中。[19]

另外，近年亦有評論家例如法瑞絲、史利蒙及坎納迪從歷史的角度出發，提出魔幻現實主義是對殖民統治的一種反應，主要是反對歐洲理性主義及寫實的文學模式。[20] 還有評論家薩莫拉（Lois Parkinson Zamora）注意到當魔幻現實主義離開了拉丁美洲的土壤，傳播到其他國家時，鬼魂成為一個重要的書寫元素。[21] 梅林對以上兩種角度較有保留。以反對殖民統治為例，梅林注意到很多拉美的魔幻現實主義作家例如波爾赫斯及馬蓋斯等都認為卡夫卡的《變形記》（*The Metamorphosis*）有助拉美魔幻現實主義開花結果。馬蓋斯更直言他是讀了《變形記》才知道小說是可以這樣寫的（即是用魔幻現實手法來寫），於是他也寫起小說來。雖然，與此同時馬蓋斯亦沒有否認魔幻現實主義小說也有政治的需要。[22] 換句話說，歐洲文學和魔幻現實主義文學不

---

19 這部分討論見 Ursula Kluwick, *Exploring Magic Realism in Salman Rushdie's Fiction* (London: Routledge, 2011), pp. 13,16.

20 這部分內容見 Wendy Faris, *Ordinary Enchantments: Magical Realism and the Remystification of Narrative* (Nashville: Vanderbilt University Press, 2004), pp. 1-2, 23. Stephen Slemon, "Magic Realism as Post-Colonial Discourse," *Canadian Literature: A Quarterly of Criticism and Review,* no. 116 (Spring, 1988), p. 9. Joan Mellen, *Literary Topics: Magic Realism*, pp. 13-14. Bill Ashcroft, Gareth Griffiths, Helen Tiffin, *Post-colonial Studies: The Key Concepts* (London: Routledge, 2000), pp. 118-119.

21 Lois Parkinson Zamora, "Magical Romance/Magical Realism: Ghosts in U.S. and Latin American Fiction," in *Magical Realism: Theory, History, Community*, pp. 497-498.

22 Joan Mellen, *Literary Topics: Magic Realism*, pp. 7, 13-15.

是一種簡單的二元對立，或者是殖民和反殖民的關係可以說得清。對於有說把鬼魂寫進小說中便成了魔幻現實主義小說這點，梅林注意到這種流於寬鬆的定義，很多時把一些通俗的流行作品都包括在內；結果，把魔幻現實主義要探求埋藏在日常生活表面下的真理這個目標無法實現。[23]

也許最值得注意的是，不同的論者和拉美魔幻現實主義作家都認為本土文化和傳統（例如神話、傳說、民間宗教等）在魔幻現實主義中扮演一個重要的角色，因為它們為魔幻現實主義中的幻想部分提供了養分。[24] 古巴作家卡彭鐵爾（Alejo Carpentier）大概是較早指出拉美的日常生活本身便充滿魔幻色彩。同樣地，馬蓋斯也反覆強調他在《百年孤寂》中並沒有什麼新的發現，他只是把一個屬於哥倫比亞人相信的真實世界（雖然這個世界包括了預言、迷信及詛咒等）及日常生活寫出來。馬蓋斯對他身處的世界的認知，很大程度上都是從他那位很會說故事的祖母處得來。[25] 從拉美魔幻現實主義作家的角度來看，所謂本土的傳統文化，當然是指拉美的神話、預言及傳說。就以上述的卡彭鐵爾和馬蓋斯為例，已包括不同國家（古巴和哥倫比亞）的文化傳統。換言之，當拉美魔幻現實主義傳播至外地時，自然是以當地傳統文化作為建構魔幻現實小說中幻想部分的材料了。這種做法無疑

23　Ibid., pp. 17-18.

24　有關拉美文化、傳統在拉美魔幻現實主義中扮演的重要角色主要參考：Joan Mellen, "History of Magic Realism in Literature", *Literary Topics: Magic Realism*, pp. 1-22。鄭樹森：《小說地圖》，頁 58－55。Wendy Faris, *Ordinary Enchantments: Magical Realism and the Remystification of Narrative,* pp. 1-2, 23.

25　Joan Mellen, *Literary Topics: Magic Realism*, p. 4.

是有助拉美魔幻現實主義更有效的傳播，因為它突破了地域的限制。

按照上述對拉美魔幻現實主義的分析，我們可以整理出以下數點較少爭議性的特徵來。首先，魔幻與現實兩種元素應該同時出現在魔幻現實主義作品中。此外，作家會用一種理所當然（the matter-of-fact manner）的態度來描寫魔幻，把它跟日常生活自然的融合在一起。再者，描寫魔幻的主要材料是來自當地的文化和傳統。最後，一般來說，魔幻現實主義作品的目的是探求埋藏在日常生活表面下的真理。基於以上對拉美魔幻現實主義的理解，我們會發現也斯無論在《四季》創刊號的「加西亞・馬蓋斯專輯」中撰寫的〈加西亞・馬蓋斯與「一百年的孤寂」〉（下稱〈加西亞・馬蓋斯〉），或在《養龍人師門》中創作的小說，都表現出和拉美魔幻現實主義作品的基本特徵有不同的地方。這部分先以〈加西亞・馬蓋斯〉為例說明，至於《養龍人師門》的作品會分別在第二及第三部分討論。

也斯的〈加西亞・馬蓋斯〉是一篇較正式討論魔幻現實主義的文章，[26] 雖然他在文中稱這種手法為「魔術性寫實」。[27] 也斯在文章中主要介紹被視為魔幻現實主義經典的作品《百年孤寂》，[28] 他在文章的開

---

26 也斯在《灰鴿試飛：香港筆記》中的散文及《當地拉丁美洲小說選》的序言亦有介紹拉美作家的作品，見王仁芸：〈魔幻寫實：也斯小說集《養龍人師門》的創作方法〉，頁375－376 。然而，〈加西亞・馬蓋斯與「一百年的孤寂」〉是較為完整的一篇。

27 「魔術性寫實」（realisme magique）是七十年代對魔幻現實／寫實主義的譯法。在《四季》創刊號另一篇文章〈加西亞・馬蓋斯訪問記〉中，馬蓋斯指出他「寧採『魔術寫實主義』（realisme magique）這個說法……來形容這種現實與幻想混然一起所用的稱呼。」（頁 104）。

28 雖然也斯在他的文章中把書名譯作《一百年的孤寂》，但本文在討論時採用較通用的譯法《百年孤寂》。

首部分概括道，《百年孤寂》「是一本揉合了幻想和歷史的小說」。在介紹過小說的內容後，也斯進一步說明馬蓋斯「不是寫歷史小說，也不是寫幻想小說，而是把兩者混合。像哥倫比亞的內戰、西班牙的殖民、美國『聯合水果公司』在拉丁美洲的活動、連綿的雨災、這些都是歷史上的真事；但像人可以乘坐飛氈飛馳、血液會繞路流到死者母親家中、美麗的女孩子會昇上天空、吉普賽人能夠預知未來的事、這些都是百份百神話式的幻想」。[29] 也斯對魔幻現實主義的理解和上面提到的拉美魔幻現實主義特徵最明顯的分別是，他把魔幻那部分跟現實或者是日常生活完全分割開來。也斯並不像拉美魔幻現實主義作家那樣，把外人（特別是西方評論家）眼中的魔幻元素，看成是日常生活的一部分。事實上，在《四季》創刊號另一篇文章〈加西亞．馬蓋斯訪問記〉中，馬蓋斯直言「拉丁美洲……一切都披着奇幻的色彩，甚至日常生活亦如是」。[30] 也斯對魔幻和現實兩種元素之間的關係的理解有別於馬蓋斯，這點在新版《養龍人師門》大部分作品中可以看到，只有〈盂蘭節〉較能夠涵蓋上述拉美魔幻現實主義特徵。以下部分將對《養龍人師門》中「魔幻的」和「寫實的」兩輯作簡單概括的分析及說明，重點會放在〈盂蘭節〉的討論。

29　四季編輯委員會：《四季》，第一期，1972 年 11 月，頁 90、97。
30　同上，頁 104。

二

新版《養龍人師門》的第一部分收集了八篇短篇小說，根據也斯的劃分是屬於「想像的」作品。雖然王仁芸認為這部分是「魔幻寫實主義色彩較濃的作品」，但本章認為這些「魔幻寫實」作品又可以按魔幻及寫實的程度再細分為三類，其中有兩類與拉美魔幻現實主義的特徵距離較大。[31] 第一類同時包含魔幻與寫實元素的有〈李大嬸〉、〈雜技〉、〈修理匠〉及〈找房子〉。第二類改寫中國神話，即以魔幻元素為主的，包括〈養龍人〉及〈玉杯〉。最後一類以寫實元素為主，例如〈持傘的〉及〈蛾〉。

如果根據上述第一部分對拉美魔幻現實主義特徵的分析，〈養龍人〉、〈玉杯〉、〈持傘的〉及〈蛾〉跟拉美的魔幻現實主義並沒有太多共同點。以下部分將對這四篇作品做簡單說明。首先，這四篇作品中的魔幻及現實兩種元素基本上沒有在作品中同時存在。例如〈養龍人〉及〈玉杯〉主要取材自中國神話，換言之，這兩篇作品以魔幻元素為主。也斯在初版的後記中指出他當年一面創作《養龍人師門》，一面在看《中國古代神話》（袁珂著）。[32] 根據王仁芸的分析，〈養龍人〉及〈玉杯〉的參考資料不限於《中國古代神話》，還包括其他古

31　王仁芸在他的評論文章〈魔幻寫實：也斯小說集《養龍人師門》的創作方法〉（頁373－385）中亦有對初版的七篇「魔幻寫實」小說進行分類，這七篇在新版中亦有保留。王的分類跟這裏的劃分並不完全相同。他的着眼點是作品中有沒有幻想成分，而不是看想像和現實是否共同存在於小說中。所以王較重視改編自神話的〈養龍人師門〉及〈玉杯〉一類，〈修理匠〉及〈雜技的故事〉次之。王認為〈李大嬸的袋錶〉和〈蛾〉是魔幻色彩較淡的兩篇，至於〈找房子的人〉則完全沒有魔幻色彩。

32　也斯：《養龍人師門》，頁239。

書的材料，例如，《繹史》、《史記》、《左傳》、《列仙傳》及《十洲記》等。[33] 這些材料都是構成小說中魔幻元素的主要養分。雖然黃繼持和王仁芸相繼指出這兩篇作品在不同層次讀出現代社會的問題，但小說中有關現實或現代的描述差不多是沒有的，背景及故事內容基本上都屬古代，所以小說中對現代的批判並沒有以現實的描述作基礎。[34] 如果說是與現代有關，也許可以看成是借古諷今或者是帶有象徵色彩，但這種處理魔幻及現實這兩個元素的方式，跟拉美魔幻現實主義的基本定義有很大分別。與此相反，〈持傘的〉及〈蛾〉這兩篇只有現實這個元素，並沒有包含用作製造魔幻元素的文化傳統在內，結果這兩篇作品亦跟拉美的魔幻現實主義不同。

除去上述和拉美魔幻現實主義特徵並不太相近的兩類作品外，被也斯放在「想像的」那一輯中還有〈李大嬸〉、〈雜技〉、〈修理匠〉及〈找房子〉。這四篇小說或多或少都包括了魔幻和現實兩種元素在同一篇作品中。然而，以〈李大嬸〉和〈雜技〉為例，魔幻元素在這

33　王仁芸：〈魔幻寫實：也斯小説集《養龍人師門》的創作方法〉，頁 381－384。

34　根據王仁芸的分析，〈養龍人〉的主題是「對生命的尊重。不過，也斯在抨擊馬戲班式的動物表演之餘，還諷刺了官僚主義和電視文化等現代社會弊病。」見〈魔幻寫實：也斯小説集《養龍人師門》的創作方法〉，頁 382 。黃繼持認為「〈玉杯〉可以讀出現代人對極權君主所作的人性的省思；〈養龍人師門〉則更在不同層次讀出都市的人際關係、機關作風、教育問題、成長啟悟等等非常現代的社會情態與生命感受。」見〈《養龍人師門》諸家評論摘錄〉，載陳素怡編：《也斯作品評論集》（香港：香港文學評論出版社，2011），頁 175。至於〈持傘的〉是講述一位公司高層對任何事情，無論是對下屬或者是一把傘都要絕對操控，在某程度上是和〈養龍人〉及〈玉杯〉兩篇對極權統治的反思是有關聯的。同樣地，〈蛾〉反映人類和自然界的關係，彷彿人類的世界容不得異己，容不下一隻蛾。總括來説，這四篇作品都包含反抗的話題，反抗的對象正如也斯指出是「權威的老者和君王、保守與排他的中年人，但那也是從一個青年的角度去看的」。(《養龍人師門》，頁 vii) 這種青年與老人、弱小與強權等二元對立的關係在其他故事中亦可以看到，是《養龍人師門》的重要主題。

兩篇小說中並沒有理所當然的被接受，亦缺乏當地傳統文化（例如神話傳說）作為魔幻元素的養分。例如，李大嬸在工廠擁有至高無上的權力，以至於她的下屬明知李大嬸那袋錶的時間不準確也沒有太多人敢質疑。結果，工廠的人好像活在另一個時區中，他們和家人或朋友因為「時差」的關係，充滿矛盾。〈李大嬸〉的魔幻色彩較淡，[35] 全篇小說最具幻想色彩的地方，是對工廠的人活在虛構時間那部分的描寫，但除了李大嬸以外，她身邊的人對這種魔幻都是採取懷疑的態度。李大嬸無疑是代表了中國封建傳統家長式統治文化，但這種文化本身並沒有提供製造魔幻色彩的元素。

相對來說，〈雜技〉中描述的民間技藝的魔幻色彩較〈李大嬸〉的濃。也斯通過故事中的主角人物小棠帶出雜技這種民間技藝的變化。小棠是一名雜技團的成員，她過去很喜歡雜技表演，但當這種表演變得千篇一律時，小棠對表演失去興趣。小棠對早期民間雜技模式十分懷念，後來表演模式規範了，引起她的不滿。[36] 正正是出於這個原因，小棠經常不按常規表演。小棠主要是表演轉碟子，有一次當她正在表演時，突然回想過去，拿着碟子當扇子一搖，手袖裏便抽出了鴿子、紅蟻、烏龜、長頸鹿、小溪、松樹及牛等等。小棠這些行徑被其他雜技團的成員看成是有病的。團長安排醫生給小棠檢查，醫生處方給小棠吃的藥竟然是圍棋的黑子和白子。也斯對過去民間技藝的魔幻描述，明顯和日常生活格格不入，亦與香港傳統文化或神話傳說沒有

35 王仁芸：〈魔幻寫實：也斯小說集《養龍人師門》的創作方法〉，頁 378。
36 也斯：《養龍人師門》，頁 59。

關係。

剩下來的兩篇〈找房子〉及〈修理匠〉雖然對魔幻及現實兩種元素的處理有一定程度的分別，但它們的共通點同樣是跟香港傳統文化裏的神話傳說沒有關係。〈找房子〉基本上是以寫實為主，小說中只有少量魔幻的描述。故事講述一對情侶不斷以找房子作為娛樂活動，因為兩個年輕人根本沒有足夠經濟條件租較好的房子。土地不足是一個長期困擾着香港人的日常生活問題。也斯在作品中用了女主角在夢中游泳來表現魔幻元素，只是這種魔幻描述跟香港本土文化裏的神話傳說亦完全沒有關係。〈修理匠〉是「想像的」這一輯作品中較能夠把日常生活理所當然的和魔幻手法結合在一起的作品。故事主要是講述一名修理匠被召喚到一個高級住宅區去修理淤塞的水廁。開始時，吸盤吸出頭髮、紙屑等一般的東西。然而，情況仍然沒有好轉，繼續吸下去，發現更多雜物，有絲襪、鬚刨、手帕、毛巾、玻璃杯、眼鏡、雜誌、電話、雪櫃、洗衣機、流行衣服、酸枝枱椅、汽車、文件、書本等。最可怕的是接下來還吸出人來，有未誕生的嬰兒、有年老的男女。原來是屋主夫婦的父母、兒子、老師、朋友、情人等。屋主對於自己的惡行感到無地自容，遷怒於修理匠，說他把廁所弄髒了，要女傭把所有東西（包括人）都沖回水廁去。王仁芸認為這對夫婦代表了現代人的物化，他們一方面「浪費物質」，另一方面「賤視人情」。[37] 事實上，在屋主夫婦身上我們看不到人性，他們已經成為物質的奴僕。當然，〈修理匠〉還是有它的局限，因為魔幻那部分並不

37　王仁芸：〈魔幻寫實：也斯小說集《養龍人師門》的創作方法〉，頁 380。

是來自本土文化傳統、神話或民間宗教等 。

從上述簡單的分析可以得出，被也斯收錄在「想像的」這部分的作品，其魔幻元素跟拉美魔幻現實主義的特徵有不同程度上的分別，其中這些小說有一個共通點：在所有包含魔幻元素的作品中，那些魔幻元素都沒有以香港的本土文化傳統、神話及傳說作為魔幻元素的養分。雖然也斯在小說中作出不同的嘗試，包括加入與日常生活關係不大的中國神話傳說、家長式傳統、荒誕的描述等，但始終效果還是和拉美魔幻現實主義的特徵有一定的距離。也許讓人感到意外的是，收錄在「寫實的」那一輯中的〈盂蘭節〉，反而是最能得到拉美魔幻現實主義真髓的作品，因為盂蘭節是當時（七十年代）少數轉化成香港本土文化的傳統節日，我將會在以下部分對「寫實的」那部分先作整體說明，較多篇幅會放在〈盂蘭節〉這篇作品的討論。

三

也斯在新版的〈小序〉中告訴我們他最初試寫小說時嘗試了不同的方法，他特別提到：「有受法國新小說影響的冷靜描寫，有受南美小說啟發的魔幻想像。」[38] 如此說來，如果上文第二部分中討論的作品是受南美魔幻想像影響的話，接下來這部分也許是受法國新小說影響的冷靜描寫，按理是跟本章的討論範圍無關。然而，正如也斯指出

38 也斯：《養龍人師門》，頁 viii。

「在小說裏寫實與想像兩輯的區別亦未必那麼分明」，關於這點我們從上述的討論亦清楚理解到，放在「想像的」那些作品基本上跟拉美魔幻現實主義有較大的分別，有些作品更是寫實為主。也許更值得注意的是被列為「寫實的」作品從來沒有受到重視，所以接下來這部分將補充這方面的空白，嘗試說明這些作品和「想像的」那一輯有多大程度的分別。這部分包括〈第一天〉、〈象〉、〈熱浪〉、〈毛主席〉、〈斷耳〉、〈盂蘭節〉及〈平安夜〉等七篇作品，同樣可以細分作三類。第一類是寫實為主，包括上面提到的開首四篇。

在〈第一天〉中，我們看到年輕人阿發第一天到茶餐廳工作的故事，面對複雜的現實，阿發感到無所適從。至於〈象〉主要描寫一名記者開始時對一匹流落在香港的泰國大象十分關心，後來因為工作忙碌，對於大象的死訊變得冷淡。〈熱浪〉是描述一對年輕的新婚夫婦到離島度蜜月時，不歡而散的故事。〈毛主席〉是講述毛主席過世那天一班電視台員工的反應。小說沒有正面描寫這件世界大事，反而通過那些電視台員工對高層人事變動的着緊，反襯出人們對國家領導人的存亡漠不關心。事實上，這四篇作品在表現手法上的確與魔幻現實主義無關，也斯主要用客觀冷靜的筆觸把七十年代香港的實際狀況描繪出來，例如對政治漠不關心、着重自身利益及年輕人沒有出路等，放在「寫實的」這部分是十分合適的安排。

第二類作品包括〈斷耳〉及〈平安夜〉。這兩篇小說是以節日為背景，可以視為一種把文化傳統與現實結合的嘗試，很有潛力發展成為魔幻現實主義作品，可是也斯在這兩篇作品裏並沒有發揮節日的魔幻元素。例如〈斷耳〉是一篇關於農曆新年的故事。中國農曆新年本身神話色彩甚重，可以作為魔幻元素的泉源，但小說的着眼點卻放在香港農曆新年的年宵市場。也斯這篇小說就是關於一對年輕夫婦和他們的手抱孩子逛年宵市場的故事。年宵市場是一種純粹的商業活動，有賣年花的、賣揮春、賣玩具、賣吃的。主角一家逛年宵主要是想買一盤水仙花，因為女主角的父親去年買了一盤水仙回家，但沒有開花，剛好做父親的生意失敗，他們總覺得跟去年的水仙花有關，所以今年希望買一盤好的。結果，花買不成，卻給小孩買了一隻瓷製的小兔和一隻狼頭玩偶。兔子一買回家便被小孩敲破了耳朵。面對困苦的生活，做媽媽的哭了一回，決定明早再買花去。也斯在小說中並沒有利用農曆新年的神話作為這篇作品魔幻元素的泉源，反而集中反映當年香港的民生問題。他在作品中呈現的是香港農曆新年的現實寫照。

同樣以節日做背景的有〈平安夜〉，這篇小說是關於聖誕節的。和農曆新年一樣，聖誕節背後亦有很多傳統文化、神話傳說作為鋪墊，事實上，拉美魔幻現實主義融入了很多聖經故事在內。然而，也斯並沒有利用這些作為魔幻元素的泉源。對一般香港人，特別是年輕人來說，聖誕節是一個開派對的好日子，故事中的一群年輕人趁着聖誕前夕到袁大姐家中開派對。袁大姐是他們中間年紀較大、經歷較多的一個：三十多歲、帶着兩個小女兒，剛剛與丈夫離婚。由於離婚後跟一個年紀比自己小的男生談戀愛的關係，備受各方的壓力。其他參加派對的年輕人當中，各自有不同的問題，一些是跟感情有關、一些是事業，也有友情的煩惱等。故事沒有完整的情節，主要是對這個平安夜派對的實況紀錄，也斯並沒有把聖經故事中的魔幻元素和香港當時的現實問題結合起來。

也斯沒有利用上述兩個中西節日的文化傳統作為魔幻元素的材

料，讓人感到可惜之餘，也值得深思背後的原因，我將在下面小結部分嘗試說明。相比之下，〈盂蘭節〉是一篇難得的作品，它成功地把傳統文化和現實結合起來，包含了拉美魔幻現實主義作品的主要特色。早於一百多年前開始，香港潮州社區於每年的盂蘭節（俗稱鬼節）舉辦盂蘭勝會。根據中國傳統的說法，人們相信他們的祖先及遊魂野鬼，會在農曆七月十四那天返回人間。為了討好那些遊魂野鬼，人們會在路邊燒衣紙、元寶、紙錢、香燭，並且供奉食物拜祭。的而且確，盂蘭節並不是香港本土獨有的節日，中國人在不同地方都會為這個節日安排活動。然而，由於香港盂蘭節的活動（盂蘭勝會）是由潮州人舉辦的關係，令節日增添了香港本地色彩。每年農曆整個七月，除了上面所說的路邊燒衣外，在香港不同地點都會搭起竹棚，表演神功戲（戲曲），供遊魂、神靈及人觀賞。假如我們仔細思考這個節日背後的意義，會發現它的魔幻程度不下於拉美魔幻現實主義的作品。

馬蓋斯認為他在《百年孤寂》中描述的事物都是現實，但在大部分外國人眼中卻覺得充滿魔幻色彩，因為那些文化傳統已經成為哥倫比亞人日常生活的一部分，這種情況正好讓我們反思盂蘭節的問題。盂蘭節在華人眼中已變成生活的一部分，我們已習以為常忽略了它的魔幻色彩。當我們認為農曆七月十四日那天鬼門關大開，遊魂會在我們四周遊走，為了安撫他們，人們都會準備食物和紙錢供奉鬼魂，這種想法和行為其實和馬蓋斯筆下的一些情節十分類似。例如，《百年孤寂》中的第一代男主角老邦迪亞殺死他的鬥雞對手亞奎拉後，亞奎拉的鬼魂不時到老邦迪亞家裏。為了安撫這個喉嚨特別乾渴的鬼魂，老邦迪亞家裏四周都放了水。事實上，也斯在〈加西亞・馬蓋斯〉一文中也有介紹到《百年孤寂》這個片段，不期然讓人聯想到兩者的影響關係。相信如果我們換一角度（嘗試用外國人的眼光）來看盂蘭節的話，它的魔幻現實色彩實在不下於《百年孤寂》中的這些情節。[39]有趣的是香港市民大眾已經把這個節日當成日常生活的一部分，所以從來沒有人懷疑它（這個節日和這篇小說）的魔幻成分。

以盂蘭節為背景，也斯要說的是一群年輕人的故事。小說圍繞着榕生將離開香港而展開，到底他要往哪裏去我們無從知道，但字裏行間暗示了跟一名叫婉瑩的女子有關。婉瑩身處的地方正是榕生的目的地。只是榕生並沒有聯絡婉瑩的方法。由於榕生明天將乘飛機離去，他的朋友樹榮及毛毛等這一天晚上跟他餞行。榕生的情緒並不太好，他在朋友家喝了一點酒，就跟樹榮和毛毛到外面走走，想着走一會再到通宵營業的咖啡店和其他朋友碰頭。由於剛好是盂蘭節的關係，一路上許多人在燒衣。看在不明所以的人眼裏，總是難以理解，帶有濃厚的魔幻色彩。例如樹榮的姪女小蕾蕾年紀還小，從窗外看下去，以為是「燒火」。榕生理所當然的告訴小蕾蕾：「死人從鬼門關回來，這幾天人們忙着拜祭他們。」樹榮看見小蕾蕾一臉不解，於是補充道：「有些孤魂沒有人照顧，沒有飯吃，也沒有衣服穿，所以燒衣救濟它們。」[40]值得注意的是這種解說不單是小說中的人物深信不疑，就是今天的香港人對燒衣的看法跟榕生及樹榮也沒有兩樣。然而，在外人眼裏，這當然是大惑不解的事情。

也斯寫燒衣的情景，以白描為主，偶然有比喻但並沒有「想像的」那輯的描述那麼花巧，反而構成了魔幻及寫實的有機結合。例

39　馬奎斯著，楊耐冬譯：《百年孤寂》（台北：志文出版社，2001），頁 43－44。

40　也斯：《養龍人師門》，頁 116。

如，作者寫燒衣的情景：「肉食店門前有幾個人坐着看婦人燒衣，一堆熾烈的火飄起一串火星，灰色的紙灰飛舞，像灰色的蝴蝶，像蛾，然後又無聲地散落。一片紙灰緩緩地飄到他們面前，還帶着一點火星，從他們臉前飄過。」[41] 這裏的描述幾近真實，只用了簡單的比喻，但魔幻的效果十分強烈，主要原因是這些內容把民間傳統和現實緊扣在一起。

再看一個關於紙紮的片段，白描的寫法完全對它的魔幻效果毫無影響：「經過公園前面，他們停下來看那些牌樓。有一座紙紮的塔，塔頂裏有一個紙紮的人，塔邊貼着『南無阿彌陀佛』、『慈航普渡孤魂』這樣的字條，塔下面有個人倒騎着一尾魚，人和魚也都是用紙紮成的。他們在旁邊走過，孤魂般的影子就在紙塔上略過。」[42] 這個紙紮的世界如實反映了香港盂蘭節的情況，但在外人眼裏卻是魔幻色彩強烈，很難相信只要燒掉這些紙紮的「玩意」，鬼魂便會在陰間地府收到。當然，更讓人匪夷所思的是香港人到今天仍然將盂蘭節的文化習俗看成是日常生活的一部分，理所當然似的。引文中的「他們」是指樹榮、榕生及毛毛，這段引文把他們三人比作「孤魂」是有兩層意義的。表面上，他們這天晚上漫無目的到處逛，後面還提到樹榮忘記了帶鑰匙，加上榕生醉了，他們最後在碼頭附近睡了一晚。然而，更深一層意義是這些年輕人感到自己前路渺茫，完全不知道出路，他們很多都選擇離開香港到外面尋找機會。香港就像一個中途站，正如那些

41　同上，頁 117。
42　同上，頁 122。

遊魂，在人間逗留一會後便要離開。同樣地，香港的環境似乎並不利於年輕人長久居住。

盂蘭節是一個難得充滿魔幻色彩，但又能夠和日常生活自然結合在一起的香港節日。也許更重要的是，這個中國民間節日罕有地成功轉化成香港本土文化的一部分。由於這個節日已成為生活中的一部分，所以也斯用一種理所當然的態度來描寫，以至於把那些本來應該是魔幻的元素看成是理所當然一樣。這點與拉美魔幻現實主義作家對傳統文化中的魔幻成分的看法十分相似，正如上文提到，馬蓋斯不斷強調自己在《百年孤寂》中寫的是他看見的真實一樣。最後，也斯亦透過〈盂蘭節〉反映了日常生活表面下的真理，那就是當時年輕人感到在香港生活沒有出路的情況。〈盂蘭節〉這篇作品同時具備了現實元素和魔幻元素，而且兩者發展成熟，相輔相成，它包含了拉美魔幻現實主義特色的同時，亦有香港的本土文化特色，簡言之，〈盂蘭節〉這篇小說可以視為香港魔幻現實主義的鼻祖。

雖然〈盂蘭節〉是在新版才加進去的，卻是寫於 1971 年的作品，為《養龍人師門》中最早的一篇小說，亦是成功地把魔幻和現實結合起來的作品。如此看來，也斯剛開始嘗試魔幻現實寫作已十分成功，但為什麼他在處理另外兩篇（〈斷耳〉及〈平安夜〉）與節日有關的作品時卻沒有採用魔幻元素呢？另外一個同樣值得思考的問題是：在「想像的」那一輯裏，為什麼也斯沒有把香港的本土文化傳統、神話及傳說作為魔幻元素的養分？這裏嘗試提供一些可能的解釋，希望有助日後進一步討論。

首先，從也斯處理〈盂蘭節〉這篇作品的手法，我們有理由相信〈盂蘭節〉的成功是一種偶然，大概作者自己也未必意會到。事實上，從上面分析也斯在《四季》寫的文章〈加西亞・馬蓋斯與「一百年的孤寂」〉時已經看到，他對拉美魔幻現實主義的理解和拉美作家（例如馬蓋斯）是有分別的。這點有助解釋為什麼也斯沒有把〈盂蘭節〉放在初版裏，而在新版卻把它放在「寫實的」那部分。以上的解說，多少讓我們了解也斯在〈斷耳〉及〈平安夜〉中，沒有採用農曆新年及聖誕節背後的神話傳說，作為魔幻元素的其中一個可能的原因：也斯也許當時還未有意識到，本地文化傳統及神話傳說等在魔幻現實主義中所扮演的重要角色。

事實上，我們可以撇開也斯對拉美魔幻現實主義的理解不管，以香港當時的情況來看，人們對文化傳統的根還是十分迷惘，仍然在尋找當中。這點亦有助說明也斯作品中的魔幻元素缺乏香港的本土文化傳統、神話及傳說的原因。也斯在七十年代的作品，例如散文〈兩種幻象〉及小說《剪紙》中分別處理文化身份的問題。其中〈兩種幻象〉的表述較為直接。也斯在文中分別用西方的希僻士（hippies）和中國民間的生活習慣代表中西兩種文化，他認為兩種生活模式都不能代表七十年代香港的現實狀況：「如果說我們不是過着抽大麻、唱民歌、住在一所塗滿花的教堂中的生活，那我們又何嘗會過一種抽水煙筒、蹲在榕樹頭喝苦茶的生活？坦白說，兩者都不過是幻象罷了。」結果，當時的青年有的選擇了發展一種混血的傳統，但更多是決定廢棄傳統。[43] 換言之，香港當時的本土文化傳統還沒有建立起來，就算也斯

43　也斯：《書與城市》（香港：香江出版公司，1985），頁 4；區仲桃：〈也斯旅遊文學中的多元角度〉，《中外文學》，第 46 期第 1 卷，2017 年，頁 54－57。

明白傳統、神話的重要性，他也沒有可以用來描述魔幻元素的材料。

也斯無論在新版或初版裏都反覆提到，當年他通過不同的文學實驗，希望可以找到表達自己的聲音。也斯完成了《養龍人師門》後，除了在《剪紙》中也有嘗試運用少量的魔幻手法外，基本上已沒有繼續用魔幻現實主義手法創作。換言之，也斯當時覺得魔幻現實主義手法無法幫助他表達自己。事實上，七十年代與也斯一起受拉美魔幻現實主義影響的西西，也出現同樣的情況，她曾一度嘗試用魔幻現實主義寫作，例如《我城》，但西西亦很快停止嘗試運用這種手法了。就算是《我城》，西西後來把它定性為童話現實主義，而不是魔幻現實主義作品。[44] 至於西西為什麼沒有繼續用魔幻現實主義手法創作的原因，也許跟當時還沒有本土文化傳統作為魔幻元素的泉源有一定的關係。與也斯不同的是，西西嘗試用童話來填補這部分的空白。這個話題並不是本章的討論範圍，但實在值得進一步探討。值得探討的還有在文章開首部分提到的，近年有論述嘗試勾畫出香港魔幻現實主義發展的軌跡來，這些作家包括也斯、西西、董啟章、韓麗珠和謝曉虹等。如此看來，香港魔幻現實主義這個話題，仍然有很大的空間可以討論。本章以也斯的《養龍人師門》作為香港魔幻現實主義的開端，希望通過釐清這部小說集和拉美魔幻現實主義的關係，為日後的香港魔幻現實主義討論提供一點線索。

44 這部分內容參考飛虎：〈像西西這樣的香港女作家〉，《文匯資訊》（http://info.wenweipo.com/index.php?action-viewnews-itemid-47076），2011 年 7 月 22 日發表（瀏覽日期：2017 年 7 月 17 日）。

第四章　旅遊文學

也斯旅遊文學中的多元角度

李歐梵在悼念文章〈憶也斯〉中談到「也斯是所有香港作家中吃過的各種美食最多，旅行最勤、也最有國際視野和多元文化敏感的人」。[1]李歐梵接着指出也斯「的散文和小說，永遠是把香港本土置於一種心靈的國際版圖之中，敘述的方式就是遊蕩和流浪」。[2]礙於體裁及篇幅的關係，李歐梵沒有對他的論點加以說明。然而，這段話帶出了一個重要的信息：旅行是也斯其中一種最感興趣的活動，他從旅行發展出來一種特別的敘述方式。這些作品具有國際視野的同時，始終以香港為中心。雖然李歐梵在引文中提到散文，但他在同一段文字中，只舉出《布拉格的明信片》這部小說集作為例子。李歐梵這篇悼念文章無疑是對也斯一生的創作做了提綱挈領式的總結，把他的旅遊文學，特別是小說，放在較重要位置。[3]有關也斯旅遊文學的討論，一

1　由於本章以討論也斯的小說為主，所以按照作者出版的慣例，即出版詩集時用原名（梁秉鈞），出版小說時用筆名，本文會以也斯這個筆名為主。

2　這部分文字引自李歐梵的悼念文章〈憶也斯〉，見香港大學文學院悼念也斯的網址：http://arts.hku.hk/yesicondolences/（瀏覽日期：2016年2月27日）。另外，文章亦曾刊登於香港《明報》，〈世紀版〉，2013年1月9日。

3　李歐梵提到也斯的旅遊文學時，分別以散文及小說作為代表，不止間接點出了遊記這種文類的複雜性，亦展現了中西文學傳統對遊記的不同看法。簡單來說，中國文學傳統對遊記的定義，特別是文類方面較為嚴謹，狹義來說以散文為主，雖然周冠群在《遊記美學》（重慶：重慶出版社，1994）中提到遊記可以有廣義及狹義之分，但所謂廣

向以詩歌為主，小說方面以遊記作為切入點來討論的並不多見，值得我們進一步思考及補充。[4]

義遊記主要是指可以把以生動真實地再現山水的古賦和律賦都包含在內，詩歌不能計算在內（《遊記美學》，頁 2）。費振剛直接把中國古代遊記稱為「遊記散文」，最早大概可以追溯至東漢馬第伯著的〈封禪儀記〉，見《古代游記精華》（北京：人民文學出版社，1992），頁 1。簡言之，中國古代遊記傳統以至五四現代文學傳統都是以散文和強調真實為主要特徵（《遊記美學》，頁 77－151）。也斯最早的旅遊作品題為「游詩」，是詩人 1974 年到廣州和肇慶旅行時的作品。以中國文學傳統分類的角度來看，也斯的「遊詩」並不能算是遊記，但他後來的旅遊散文集《新果自然來》及《昆明的紅嘴鷗》較符合傳統遊記的框架。西方學者對於旅遊文學的定義眾說紛紜，沒有統一定義（這部分內容可以參考 Tim Youngs 的 *The Cambridge Introduction to Travel Writing* [Cambridge: Cambridge University Press, 2013], pp. 1－15）。最早的旅遊文學可以追溯至紀元前三世紀，一座埃及墳墓上的旅遊記錄。內容及形式十分多樣，盡顯開放和多元的本色，除了有事實紀錄外，同時又包含神話、傳說及古代史詩（Tim Youngs, *The Cambridge Introduction to Travel Writing*, p. 19）。然而，旅遊文學在悠長的發展過程中，出現了不同的變化。例如，隨着十五世紀哥倫布（Christopher Columbus）發現新大陸，人們開始強調旅遊寫作中的事實及實證成分。1660 年在倫敦成立的皇家學會（Royal Society）大力推動遊記寫作，進一步強化科學和實證精神（這部分內容可以參考 Carl Thompson 的 *Travel Writing* [London: Routledge, 2011], pp. 34-61）。自十八世紀以後隨着小說的地位日漸提高，部分學者開始接受把小說這種文類算進旅遊文學（詳見 Percy G. Adams 的 *Travel Literature and the Evolution of the Novel* [Lexington: The University Press of Kentucky, 1983]）。當然亦不乏反對的聲音，近年學者選擇了折衷的方法來把旅遊文學再細分為「旅遊書」（travel books）及「旅遊書寫」（travel writing）兩類。前者一般是指用第一人稱撰寫的非虛構類的旅遊作品；後者則是涵蓋較廣的詞彙，包含不同種類的文本，無論是虛構或非虛構的文本，只要是以旅遊為主題就可以（這部分內容可以參考 Carl Thompson 的 *Travel Writing*, p. 9-33）。本文以較寬鬆的「旅遊書寫」定義作為討論的基礎，其中主要考慮到也斯八十年代以後在創作方面的實驗性取向，特別是與旅遊有關的小說，經常把不同文類包括在他的旅遊文學中，盡顯這種文類的本色。

4 以旅遊文學的角度對也斯的小說進行詳細討論的文章，並不多見。除了內文提到李歐梵在〈憶也斯〉中特別舉出《布拉格的明信片》這部小說集作為例子外，黃淑嫻在〈書展年度作家：也斯及他的香港一度虛擬展覽旅程〉一文中指出旅遊一直是也斯作品中的主題，其中也斯不單用散文（例如《新果自然來》及《昆明的紅嘴鷗》）和詩（《游離的詩》）來紀錄他的旅遊經驗，她認為《後殖民食物與愛情》「是一本很特別的旅遊文學」。黃淑嫻進一步指出「《後殖民食物與愛情》是也斯嘗試把旅遊化成小說的實驗」（《明報》，〈副刊〉，2012 年 7 月 15 日）。此外，余君偉在〈家、遊、行囊——讀也斯的詩文〉一文中，以探討旅遊文學的角度，分析也斯的旅遊詩的同時，亦有論及《記憶的城市．虛構的城市》（《中外文學》，第 28 卷，第 10 期，2000 年，頁 222－248）。陳素怡在《也斯作品評論集》（小說部分）（香港：香港文學評論出版社有限公司，2011）分別收入評論《記憶》、《布拉格》及《後殖民》的文章，但大部分沒有從旅遊文學的角度來分析這些作品（2011 年，頁 309－371）。至於詩歌方面，陳素怡在《僭越的夜行》上卷（香港：文化工房）中收入有關《游詩》的評論（2012 年，頁 247－315）。另外還有筆者的〈另一種旅程：試論也斯的逆向之旅〉，《文學論衡》（2009 年，總第 15 期，頁 56－64）等。

也斯自七十年代開始發表小說，原創的作品有六部之多，計有《養龍人師門》（1979）、《剪紙》（1982）、《島和大陸》（1987）、《布拉格的明信片》（下稱《布拉格》）（1990）、《記憶的城市・虛構的城市》（下稱《記憶》）（1993）及《後殖民食物與愛情》（下稱《後殖民》）（2009）。[5] 在六部小說當中，最後三部都是跟旅行有關的作品，這裏還沒有把也斯的「旅遊詩」或跟旅行有關的散文計算在內，由此可見旅遊文學在也斯心中佔了很重要的地位。[6] 也斯最早一次旅行是在 1974 年回廣州，他為那一次旅遊寫了一組題為〈游詩〉的詩作。也斯從一開始已意識到自己寫的不是狹義的旅遊詩，詩人對於當時的所見所聞實在沒有心情遊玩。他反而較接受廣義的旅遊文學，也斯認為：「廣義的旅遊文學往往有放逐的哀愁也有發現的喜悅……發現往往從漫遊來……你來來回回、反覆從不同角度欣賞的所見。遊是從容的觀看、耐性的相處、反覆的省思。遊是那發現的過程。」[7] 也斯強調旅行中「反覆從不同角度欣賞」的「發現的過程」。除此以外，他在撰寫第一部旅遊文學《記憶》時已有意識的進行文類實驗。根據也斯的說法，他寫《記憶》時「從遊記開始，卻夾雜了散文和評論、也有虛構的小說、變奏的頌詩」。[8] 也斯對旅遊文學的內容及形式的獨特看法，

5　這部分的資料來自陳素怡主編：《也斯作品評論集》（小說部分），頁 400－404。這裏指的六部作品不包括合集、重印或修訂版等。文章以下部分的討論會以最終定本（即最後或最近出版的版本）為分析對象，內文標示的作品出版年份是初版日期。

6　根據也斯對旅遊文學的定義，《島和大陸》的很多篇章亦可以算作旅遊文學。事實上也斯把《島和大陸》的其中一個短篇〈洛杉磯的除夕〉亦同時輯錄在《布拉格》中，可見《島和大陸》亦跟旅遊文學有關。然而，礙於篇幅關係，這篇短文集中以也斯三本較有代表性的旅遊文學作為討論的對象。

7　也斯：〈《游詩》後記〉，載集思編：《梁秉鈞卷》（香港：三聯書店，1989），頁 126－127。

8　也斯：《記憶的城市・虛構的城市》（香港：牛津大學出版社，1993），頁 261－262。

令他的旅遊文學與現代旅遊文學或所謂「反旅遊文學」（*counter*travel writing）有明顯的分別。[9]

所謂現代旅遊文學是指流行於十九世紀的歐洲，跟現代交通工具出現及西方殖民地擴張息息相關的旅遊書寫。開始時現代旅遊文學主要由殖民者或白人作家壟斷。隨着殖民地紛紛脫離殖民統治，逐漸出現了一種新的旅遊書寫，這些旅遊文學稱為「反旅遊文學」，其基本特徵是對傳統的、由白人主導的旅遊文學的一種反動。這些「反旅遊文學」的作者都是曾經歷殖民統治。現代旅遊文學和「反旅遊文學」無論是創作或討論在很大程度上都是受到殖民狀況或薩爾德（Edward Said）的東方主義論述影響。簡單來說，旅遊文學這種文類的自身特徵長期以來礙於種種意識形態的限制，一直沒有得到正視。近年開始有論者注意到旅遊的本質，例如流動性和旅遊者因地域的改變而導致角度的轉變等等，也就是說旅遊文學這種文類的形式是混雜及較有彈性的。[10] 也斯同樣曾經歷殖民統治，如果我們把他的旅遊文學和其他被殖民的作家作比較的話，也斯的作品中沒有明顯反抗殖民統治的意識。此外，由於也斯的旅遊文學把虛構小說（甚至其他文類）也夾雜進去，無形中弱化了現代旅遊文學長久以來強調的真實性，回復了這種文類混雜及多元的本色。還有，也斯的旅遊文學描述的旅遊者，無

9　文中 *counter*travel writing 斜體部分是原作者的意思。有關「反旅遊文學」的詳細討論見文章的第二部分及 Patrick Holland and Grahem Huggan, *Tourists with Typewriters: Critical Reflections on Contemporary Travel Writing* (Ann Arbor : University of Michigan Press, 1998), pp. 27-65.

10　Tim Youngs, *The Cambridge Introduction to Travel Writing* (Cambridge: Cambridge Universtiy Press, 2013), pp. 1-7.

論是真實或是虛構的都包括不同種類，本章認為這些特點有助建構也斯在「遊」的過程中所強調的多元角度，而這種角度正是香港文化的主要特色，包括「混雜的、開放的、不拘形式、不具形相、流動性很大和充滿動感等」。[11]

本章將分別說明也斯三部跟旅遊有關的小說中的香港特徵。這三部小說分別是《記憶》、《布拉格》及《後殖民》。《記憶》是這三部作品中較容易劃分為旅遊文學的。也斯在書的封套折口（book flap）中指出《記憶》「是一部小說，也可以說是一部自傳體的遊記回憶錄」。《布拉格》的編者在書封套折口中以「映像小說集」來介紹這本書，但李歐梵在《布拉格》的小序中則認為《布拉格》不是小說，它更可能是「一個隨筆、遊記……」。[12] 至於《後殖民》，李歐梵認為是也斯「以前作品總其成之作」。[13] 黃淑嫻直接指出《後殖民》「是一本很特別的旅遊文學」。[14] 黃白露也注意到小說中的人物流動性很強，「香港人不單止到處旅行，還移居外地、工作他方，總之這種流動性也是『很香港的』」。[15] 事實上，正如上面提到，也斯對遊記的看法從一開始已是比較寬鬆的，虛構小說亦可以納入其中。基於這個大前提

11　筆者在〈讀也斯《後殖民食物與愛情》的一種方法〉一文中提出了《後殖民》這部小說有濃烈的「香港味道」，即是內文提到的種種特色。也斯在同一篇文章中作出回應，對有關分析表示認同。文章見陳素怡編：《也斯作品評論集》（小說部分），頁 365。

12　李歐梵：〈序〉，也斯：《布拉格的明信片》（香港：青文書屋，2000），頁 4。

13　見李歐梵的悼念文章〈憶也斯〉，《明報》，2013 年。

14　黃淑嫻：〈書展年度作家：也斯及他的香港一度虛擬展覽旅程〉，《明報》，〈副刊〉，2012 年 7 月 15 日。

15　黃白露：〈《後殖民食物與愛情》：內容及敘事的新意〉，載陳素怡編：《也斯作品評論集》（小說部分），頁 360。

下，考慮到《後殖民》這部小說中包含不少跟旅行有關的內容，加上旅行者的種類更多種多樣，所以本章把《後殖民》也放在旅遊文學作一併思考，相信藉此對這個課題有更全面的理解。本章的第一部分會先說明現代旅遊文學及「反旅遊文學」的特徵，以作為討論也斯旅遊文學的背景資料。第二部分主要分析也斯的旅遊文學，從旅遊文學真實性被弱化、旅行者的多樣性及文類形式的實驗性三方面作為切入點，加以說明也斯如何通過三部旅遊文學作品建立香港多元角度這個特徵。

一

現代旅遊文學跟後殖民討論的關係千絲萬縷。現代旅遊文學進入後殖民理論的討論最早可追溯至薩爾德的《東方主義》(*Orientalism*)。薩爾德在書中主要探討西方人眼中的東方是怎樣形成的，其中有兩點對我們這裏的討論很有幫助。首先，東方是透過一系列的文獻、文學作品、旅遊書等等建構而成。另外，西方人把東方建構成一個他者，即低人一等，所有東西或質素都比殖民者低級。[16] 薩爾德的論述把後殖民討論的重點放在文本上，這點對旅遊文學可以進入整個論述中有很大的貢獻，但由於他的關注點放在殖民者身上，所以另類旅遊書寫的可能性，如被殖民者書寫的旅遊文學，從一開始就受到忽略，而且最近也開始有人質疑，薩爾德的注意力過分集中在文本（特

16 Edward W. Said, *Orientalism: Western Conceptions of the Orient* (London: Penguin Books, 1995), pp. 2, 3, 15 , 202-207.

別是文學文本），而忽視了物質文明。[17]

近年部分學者已開始注意到，用殖民者單方面的角度來作旅行書寫帶來的種種問題。有學者開始探討被殖民者到西方（歐洲）旅遊時的感受。例如米切爾（Timothy Mitchell）提到，十九世紀到歐洲參加第八屆東方國際會議的埃及人感到歐洲人看他們的態度，就像在看展品一樣。[18] 亦有學者在分析由殖民者書寫的遊記時，運用一些較為中性的字眼，甚至亦注意到被殖民者的角度。例如，柏特（Mary Pratt）用「接觸地帶」（contact zone）及「自身的民族學」（autoethnography）等較中性的詞彙分別形容殖民者與被殖民者（旅行者及當地人）互動的地帶，以及被殖民者如何理解及感受跟殖民者接觸的情況等等。[19]

與此同時，被殖民者當中亦開始出現一些相當具影響力的旅遊作家，例如奈波爾（V. S. Naipaul）、菲臘士（Caryl Phillips）及金凱德（Jamaica Kincaid）等。其中，奈波爾本身很具爭議性，他自己在寫遊記時亦顯得相當矛盾，例如他曾受聘於千里達（奈波爾出生的地方）政府寫有關那地方的遊記，當時奈波爾已長期住在倫敦。奈波爾的遊記跟白人寫的遊記有很大分別，他的身份有別於殖民者的遊記作

---

17 Peter Van Dommelen, "Coloinal Matters: Material Culture and Postcolonial Theory in Colonial Situations." In Christopher Tilley et al., eds., *Handbook of Material Culture* (London: Sage, 2006), pp. 267-308.

18 Timothy Mitchell, *Colonizing Egypt* (Cal.: University of California Press, 1988), p. 2.

19 Mary Louise Pratt, *Imperial Eyes: Travel Writing and Transculturation* (London: Routledge, 1992), pp. 6-7.

家，他並不是向白人讀者匯報殖民地的事情。奈波爾的遊記基本上是寫東印度一帶的殖民地，而奈波爾是來自那一帶，有評論透過分析他的旅遊作品背後的意識形態，指他是「扮演」人類學或民俗學上向學者提供消息或情報那種角色。[20] 當然，奈波爾並不能代表所有後殖民的旅遊作家。相對來說，菲臘士及金凱德兩位來自西印度群島的作家的遊記才被視為「反旅遊文學」(*countertravel* writing) 的作品。正如上面提到，所謂「反旅遊文學」是指對西方（白人）旅遊者（殖民者）撰寫的遊記的一種反抗。[21] 這些在過往並不受到重視的聲音及角度近年開始受到注意，由此亦帶出很多值得反思的問題 。

賀倫（Patrick Holland）及曉葛（Grahem Huggan）分別整理了傳統（由白人旅遊者／殖民者書寫的）旅遊文學形式跟「反旅遊文學」的分別。他們特別以英國紳士旅遊者為例，說明這些旅遊者及其作品的一些風格，例如他們通常會顯得十分業餘，對當地的風土人情異常無知，但又充滿好奇。在描述自己的無知時，這些旅遊者不忘自我嘲諷，當然，這種手法其實是一種自我保護的機制。由於殖民地的發展一般都較宗主國落後得多，所以當這些傳統旅遊者看到那些鄉土田園式的景物時，會充滿懷舊的思緒，但這些懷念經常讓人想到旅遊者是站在較高（或處身較先進）的位置來懷念過去的日子。被殖民者書寫的「反旅遊文學」最大特點，是對讀者（白人讀者）的直接嘲諷和挑

20 Rob Nixon, *London Calling: V. S. Naipaul and Postcolonial Mandarin* (Oxford: Oxford University Press, 1992), pp. 49, 66.

21 Patrick Holland and Grahem Huggan, *Tourists with Typewriters: Critical Reflections on Contemporary Travel Writing* (Ann Arbor: University of Michigan Press, 1998), p. 50.

釁，把讀者由一直習以為常、自鳴得意的傳統旅遊文學中拉了出來。這些「反旅遊文學」有強烈的反種族歧視及反帝國主義等反抗主題。[22]

此外，尼克遜(Rob Nixon)注意到被殖民者在殖民地受教育時，宗主國常常被塑造為中心，殖民地是邊緣，然而，這信息跟被殖民者看到的現實環境往往並不一樣，這樣的認知對被殖民者接受現實會造成一定的困惑。[23]還有當被殖民者（旅行者）到達宗主國後，他們的身份很可能變成無家的移民或難民。奈波爾便經常強調自己無家的移民身份。這些人看來充滿流動性，但他們最希望可以停留下來，取得國籍、房屋、教育，不再流動下去。[24]那些由殖民地出發的也許不算是嚴格定義下的旅遊者，但亦直接或間接地挑戰旅行者的定義。最後，當我們討論殖民者（或者一般旅行者）時，經常提及他們到外面旅行時會解除在國內文明的束縛，表現自己真實的一面。[25]相信對於出外旅行的被殖民者也許會有相同的感受，他們在旅行時解脫了殖民地的束縛，但如果他們是到宗主國旅行又會怎麼樣呢？在那裏會感到真正的自由嗎？假如殖民地是束縛的話，那麼宗主國會是他們真正的家嗎？

雖然道爾（Laura Dolye）並不是研究旅遊文學的，但她那些有

22　同上，頁 27－65 。

23　Nixon, *London Calling*, p. 6.

24　Dipesh Chakrabarty, "Postcolonial Studies and the Challenge of Climate Change," *New Literary History*, vol. 43, no. 1 (Winter, 1-18, 2012), pp. 1-18.

25　Sidonie Smith, *Moving Lives: Twentieth-century Women's Travel Writing* (Minneapolis: University of Minnesota Press, 2001), p. 8.

關殖民主義的研究，特別是關於被殖民者因為殖民統治或旅行的關係很早已運用多元角度寫作，是很值得參考的討論。道爾認為被殖民者被迫活在支離破碎的世界，導致他們擁有多重身份。[26] 加上如果這些被殖民者有旅行經驗的話，身份及角度問題會變得更複雜。道爾以小說裏的被殖民者為例說明：「當［小說］中那些人物移民，他們的角度隨即轉變，『她』會變成『我』，『那裏』會變成『這裏』……從此以後，沒有任何一部小說再可以用單一的角度講故事。」[27] 透過旅遊或者說空間的移動的確可以激化多元角度的產生，這種情況無論在被殖民者或殖民者身上都會產生作用。

楊格（Tim Youngs）主要是研究殖民者的旅遊文學，他對旅遊文學這種文類形式的創新特別感興趣。楊格認為白人旅遊作家亦注意到多元角度的存在。他以海明威為例來說明，按照這位美國作家的說法，巴黎的故事是沒完沒了的，因為每一個人對這座城市的記憶都不一樣。當我們接受多元角度這個事實後，結果自然會導致一元獨大的情況消失，令到旅遊者或遊記的權威受創。[28] 當然楊格提醒我們這只是一種可能性，旅遊文學這種文類形式的潛能不一定會經常得到充分發揮的。

以上的討論可以幫助我們更好地思考也斯的旅遊文學。事實上，

---

26 Laura Doyle, "Colonial Encounters." In Peter Brooker et al., eds., *The Oxford Handbook of Modernisms* (Oxford, New York: Oxford University Press, 2010), p. 256.

27 同上，頁 258。

28 Tim Youngs, "Travelling Modernists." In Peter Brooker et al., eds., *The Oxford Handbook of Modernisms*, pp. 272-273.

無論白人旅行者或者是被殖民的旅行者，他們都分別注意到旅遊文學這種文類多元角度的特色。然而，在大部分的情況下，囿於殖民者或被殖民者的角色，作家很容易會選擇了一種固定的立場，而放棄發揮旅遊文學多元角度的特色。也斯有別於其他遊記作家的地方是他較充分發揮這種文類的潛力。至於箇中的原因最少有兩個，其中包括作家的個人因素，也有關於香港這個殖民地的特色。也斯個人對文化十分敏感，亦喜歡反思。早於 1976 年也斯在他的散文〈兩種幻象〉中反思當時一般認為代表香港文化的兩種元素：中國文化及西方文化。也斯指出無論是抽水煙筒、蹲在榕樹頭喝苦茶的中式形象或是抽大麻、唱民歌和住在教堂的嬉皮士都不能反映當時（六七十年代）香港的情況，這兩種形象都只能說是兩種幻象。[29] 也斯後來出版多本與香港文化有關的評論集，主要都是探討香港文化的特色。[30] 其中也斯反覆強調的包括以下兩點：香港的殖民情況有別於其他殖民地。另外，研究香港文化時要注意「建立多元的看法」等。[31]

有關香港文化的討論始於上世紀七十年代末，發展至今，眾聲喧嘩，但跟也斯有相同看法的學者亦不少。[32] 香港作為一個殖民地，她的情況跟其他殖民地有很大分別，至少自七十年代以來，從經濟或社

29　也斯：《書與城市》（香港：香江出版公司，1985），頁 3－12。

30　也斯有關香港文化的討論還包括：《香港的流行文化》（香港：三聯書店，1993）。《六十年代文化剪貼冊》（香港：香港藝術中心，1994）。《香港文化》（香港：香港藝術中心，1995）。《香港文化空間與文學》（香港：青文書屋，1996）。《越界書簡》（香港：青文書屋，1996）。《香港文化十論》（杭州：浙江大學出版社，2012）。

31　也斯：〈雅俗文化之間的文化評論〉，載黃淑嫻編：《香港文化多面睇》（香港：香港藝術中心，1997），頁 9－13。

32　香港文化本身是一個複雜的議題，值得另文討論。這裏只就與也斯有關話題作簡單説明。

會發展的情況來看，香港在一定程度上可以跟歐美的先進地區作比較。高馬可（John M. Carroll）比較香港和其他殖民地的歷史時特別提到香港的經濟情況。他認為香港從經濟方面來說無論比起其他殖民地或者很多獨立的國家都要成功。除了香港成為主要的金融中心外，在英治時代的末期，香港的外匯儲備排世界第七位，成衣出口貿易是世界第三位。當時香港的人均生產總值是繼日本以後，亞洲最高的第二位，遠超過澳洲、英國及加拿大。[33]

事實上，吳俊雄、馬傑偉及呂大樂在《香港・文化・研究》的第一章〈港式文化研究〉中總結撰文者（合共十位）討論香港殖民統治時期的共通點時亦指出：「文章反映了香港在許多方面經歷了一個急劇現代化社會普遍面對的壓力和機會。它們同時肯定香港社會發展的軌跡，對本土文化有一種很特殊的、整體的規範。它令香港存在着種種可能在亞洲地區以至全球各地皆獨一無二的文化境況。」[34] 這裏指的特色主要是經濟方面的驚人發展，但卻「政治冰封」。另外，「文化上一方面迂腐保守，另一方面又奔向全球，跟西洋現代性接軌」。[35] 吳俊雄等的討論主要從政治、經濟及文化三方面分析，雖然他們主要從社會文化的領域角度看問題，但同樣感到西方理論在說明香港問題上的局限。[36] 我們可以嘗試用也斯的話來概括：「談香港不能忽略殖民地

---

33 John Carroll, "Ten Years Later: 1997-2007 as History." In Kam Louie ed., *Hong Kong Culture: Word and Image* (Hong Kong: Hong Kong University Press, 2010), p. 12.

34 吳俊雄、馬傑偉及呂大樂編：《香港・文化・研究》（香港：香港大學出版社，2010），頁6。

35 同上。

36 同上，頁15。

背景，但香港作為殖民地跟印度作為殖民地不盡相同、跟越南或韓國作為殖民地也不盡相同，種種歷史和文化，不是從書本上讀來的，是從生活中體驗得來的……這些都未必完全是已有的討論殖民地的理論可以包容的。」也斯對理論的質疑到了一個程度，他覺得「愈來愈厭倦一些空疏的政治正確的理論」。[37]

吳俊雄等聯同十位香港學者在《香港・文化・研究》中從多元角度探討香港文化，這點與也斯的提倡不謀而合。他們研究的對象包括電影、足球、茶餐廳、麥嘜（卡通人物）及陳慧琳（流行歌手）等。其中吳俊雄在〈當麥嘜遇上文化研究〉這篇文章中指出，問卷調查顯示香港大部分人（七成）認為麥嘜有很強的香港本地色彩。按照博識機構（出版麥嘜產品的公司）的說法：「麥兜麥嘜漫畫呈現的是多變、多元化的表達方式，有好笑、感人、想像力、詩化、社會性等極不同的元素。」[38] 簡言之，也斯提出的多元、混雜等元素是較受認同的香港特色。

基於香港作為一個殖民地有其獨特的情況，所以也斯在他的旅遊文學中表現出有別於現代旅遊文學及「反旅遊文學」的特色，這正好說明他不願意墮入理論的框架。[39] 香港在殖民年代已出現了很多旅行者，他們不少是從殖民地出發到中國或宗主國及西方國家旅行去。這些旅行者當中亦有書寫旅途感受。我相信這種旅遊書寫，有助補充一

37　也斯：《後殖民食物與愛情》（香港：牛津大學出版社，2012），頁 366。

38　吳俊雄、馬傑偉及呂大樂編：《香港・文化・研究》，頁 131。

39　也斯：《後殖民食物與愛情》，頁 366。

向由殖民者主導的旅遊文學，甚至是「反旅遊文學」。[40] 也斯根據香港獨特的情況，加上對旅遊文學的不同見解，在現代旅遊文學及「反旅遊文學」之間提出另一種旅遊文學的可能，很值得進一步探討。這一章集中以也斯三部與旅行有關的文學作品作探討對象，以下部分將從弱化真實性、旅行者的種類及文類形式的實驗性等方面對也斯三部旅遊文學進行分析，說明也斯如何透過他的旅遊文學來表達多元角度這種香港的獨特性。

二

也斯的旅遊文學其中一個重要特徵是弱化旅遊文學的真實性。這種特徵無論是在現代旅遊文學或「反旅遊文學」都沒有出現過的。有關旅遊文學的討論，不管現代旅遊文學跟「反旅遊文學」有多大的分別，直到現在還沒有論者對那些遊記的真實性存疑。因為旅遊文學其中一種功能（特別是十九世紀）是給將要到目的地或無法到外地旅行的讀者作介紹，所以文本與外在世界的對應關係從某方面看較為直接。為什麼也斯對真實的呈現顯得那麼不信任呢？我們大概可以從也斯的描述中看到一點端倪。也斯認為他在殖民地接受的教育，並不能讓他看到一個現實世界。也斯在《記憶》中指出「我接觸的現實世界是那麼荒謬，不是學校的課本可以解析的……大家說起我們中英文科

40 有關香港旅遊文學的研究仍然有很大的發展空間可以作更深入和全面的討論，除了注 4 提到的有關也斯旅遊文學討論外，還有王家琪的論文〈從八十年代初香港作家的中國遊記論本土的身份認同——以《素葉文學》為例〉，《臺大中文學報》，第 50 期，2015 年 10 月，頁 77－116。

的內容，都與現實脫了節」。[41] 現代旅遊文學作為殖民擴張計劃的重要一環，同時也成為被殖民者反抗殖民者的工具，也斯如果從根本上否定這種文類的真實性，那他無疑是對現代旅遊文學及「反旅遊文學」都作出否定。然而，也斯的目的並不是否定旅遊文學的存在，相反，他只想把這種文類解放出來，不要簡單成為殖民者和被殖民者的工具，將這種文類本身的潛在特色發揮出來，發展另一種更切合香港特徵的旅遊文學。

旅行者在殖民地（那個本來是屬於自己的家）找不到真實，那麼在外地又怎麼樣？答案因人而異，不能一概而論。這裏所謂的真實，其實就是一處讓人可以安頓下來（有 at home 感覺）的地方。也斯筆下的旅行者種類眾多，大致可以分為三類。第一類是也斯自己作為一個旅行者，例如他在《記憶》及《布拉格》中便是其中一個旅遊者，除了他以外，第二類是他的朋友，同樣以《記憶》為例，也斯的朋友們出於不同的原因先後到了紐約及巴黎，當中有移民的，亦有暫時住下來的。第三類是作為旅遊者的虛構小說人物，這裏當然是指《後殖民》裏的虛構人物，包括史提芬、何方、羅傑、阿素、老薛等等。值得注意的是，在《後殖民》中，也斯不單描述香港土生土長的旅行者，亦花了不少篇幅探討白人（美國人）旅行者，結論有別於一般現代旅遊文學及「反旅遊文學」的理解。也斯描述多種旅行者的原因除了挑戰過往較單一的旅行者定義外，亦提供了從殖民地出發的旅行者各種各樣的想法，就是說達到多元角度的目的。

---

41 也斯：《記憶的城市・虛構的城市》，頁 45。

除了從弱化真實性和旅行者的種類這兩方面切入外，也斯亦對旅遊文學的形式進行多方面的實驗，同樣有強化多元角度的效果，文章以下部分會一併討論。

（一）《記憶的城市．虛構的城市》

《記憶》這部小說最早於 1983 年在《快報》連載，當時採用的題目是《煩惱娃娃的旅程》。原本的題目暗示了小說中來自殖民地的旅行者充滿煩惱。小說中無論是敘事者或者是他的朋友全部都面對不同的生活或人生問題。敘事者從殖民地出發到三藩市、紐約及巴黎探望不同的朋友。由於也斯在書的折口中提到這是一部自傳體遊記，所以我們有理由相信敘事者就是也斯本人。也斯當時完成了博士學位的口試，計畫回香港前探望在不同地方生活的香港朋友，包括：待在紐約的 W、在巴黎生活的 D 和 Y。也斯特地在加州買了三盒墨西哥工藝品「煩惱娃娃」送給他的朋友。據說每一盒「煩惱娃娃」有六個，可以幫他／她們的主人每天解決六個問題。W 的煩惱跟也斯相近，他們對香港讓人窒息的學術及藝術圈子都十分不滿。至於 D 和 Y 她們各有感情的煩惱。也斯用了十年時間來寫這部作品，開始時他已發現傳統小說的寫作技巧無法表達他的意思，所以他進行了文類的實驗，令文本充滿混雜性，達到角度多元化及弱化真實性的目的。

《記憶》作為一部自傳體遊記本來應該是反映現實的。然而，也斯明顯不想讓讀者認為他寫的都一定是事實，所以他在第一章〈回程〉中點明他的「記憶與幻想已經混淆了，我已分不清真假」。[42] 事實上，這部旅遊文學的題目《記憶的城市．虛構的城市》本身已經給人製造一種疑幻疑真的感覺。也許另一點更重要的是也斯在遊記最後一章用了後設的手法，進一步弱化遊記的真實性。也斯直接評論自己的創作，讓人質疑遊記內容的整體真實性。在最後一章裏，作者交替運用「虛構的城市」及「記憶的城市」作為小標題。這一章由六小節組成，在第二節的開首部分，也斯用了不同的字體來標示他正在創作《記憶》這部遊記的一個片段。片段的內容描述敘事者打算到紐約去探訪他的朋友 W 並順道打幾通電話，包括給電話 W 及他在巴黎的朋友。片段的最後部分，當敘事者正要打電話到巴黎時，他加了一句「但我不會說溫柔——」。[43] 當讀者以為自己正在讀遊記中的故事時，也斯在這一句之後突然轉了另一種字體，並且說「我刪去了最後一句，決定不如把整篇東西重寫」。[44] 這種透露也斯如何進行創作的內容無形中把遊記中描寫的人物（包括敘事者）及內容虛構化。

類似的例子在這一章中一再出現，最極端的一個例子是敘事者想聘請一位寫作夥伴或者是助手，因為他覺得這部作品也花了太長時間寫了。結果有一名女子應徵，敘事者給了應徵者一個篇章，要求她把內容濃縮。一個小時後，女子把十九行的內容簡化成五行，剩下的內容都是陳腔濫調。這些情節夾雜在遊記內，結果造成一種虛實難分的效果。讀者不禁懷疑到底書中有多少內容是作者寫的，會不會有一些

42　同上，頁 3。
43　同上，頁 230。
44　同上。

內容是由助手代筆呢？究竟這樣一個助手是否真的存在呢？結果遊記的真實性當然再次受到懷疑。遊記真實性存疑這個問題同時亦影響到作品中有關記憶那部分的可信性。正如上面提到，也斯在第一章已經開宗明義指出他把事實跟想像混為一談。這種模糊不單破壞遊記的真實性，亦同時讓也斯口中這部自傳的可信性受損。

為了強化多元角度這種特色，消除真實所隱含的權威和一元性是其中一種方法。另外，也斯還透過描述不同的旅行者來達到建立多元角度的目的。以《記憶》為例，小說最少描述了四種不同的旅行者，包括敍事者（也斯）、X、W、Y 及 D。雖然這些人物之間有共通的地方，但他們對移民他鄉各有不同的看法。值得注意的是也斯沒有想過會留在外地，這點跟一般被殖民者對西方（甚至是前宗主國）在感情上有很不同的地方。小說中有一個有趣的片段，也斯告訴我們他來自第三世界，但接下來他卻用一個觀察者的口吻告訴我們，他「在巴黎留意那些來自第三世界的異鄉人……許多帶着種種夢想，設法留下來了，又在下班的地車中帶着一身疲倦」。[45] 也斯在這裏有點矛盾，他自認是來自第三世界的，但卻有意無意的把自己跟一般定義下的被殖民者劃分開來，到底是什麼原因呢？正如上文提過香港這個殖民地有其獨特的情況，八十年代的香港也許是殖民時期經濟最好的年代，怎麼說都跟第三世界拉不上關係。然而，殖民地的教育卻經常提醒香港人他們是來自第三世界的。如此說來，是否殖民地教育的影響，讓也斯有這樣的印象？但當人們比對現實的環境時，會立即看到其中的落

45　同上，頁 58－59。

差，結果是香港人跟一般第三世界的被殖民者又不完全一樣，因為香港人無論對香港多麼不滿，這處地方對他們來說仍然是一個可以落腳的選擇，不像其他第三世界國家的移民，他們要面對貧窮或戰亂的問題，根本不可以回去。如果說第三世界的旅遊者經常遇到的困境是無家，那麼，香港人面對的困境是多過一個選擇，正正是這樣，他們永遠都在選擇之中，結果永遠都找不到可以安頓的地方。[46]

香港人不能在他方安頓的另一種原因是他們無法融入當地的主流社會。日常生活的大小事情已耗盡他們的精力，結果多年過後，到頭來發現自己一事無成。《記憶》中也斯的朋友常常碰到這種狀況，當他們意識到問題嚴重時，突然發現自己已經年華老去。X 就是一個很好的例子。X 跟敍事者不同，她決定待在巴黎。然而，在巴黎生活的日子她經常為一些生活上的基本問題，例如食物、住屋及交通等問題煩惱。有一天她感到筋疲力竭，忽然意識到自己已經老去，什麼也沒有，和一個無家可歸的、行乞維生的吉普賽女人沒有分別。[47]

另一種旅行者認為移居外國會比住在香港好，也斯的朋友 W 就是一個例子。W 的背景和也斯十分接近，他們都是在香港接受教育，生活在傳統的中國家庭；然而，兩人長大後對西方文學、文化及戲劇都特別感興趣。W 在美國讀完一年傳媒後，回到香港來。W 在香港曾嘗試舞台製作，一直受到各方的打擊，他的創作經常被質疑：「你

46　同上，頁 216。
47　同上，頁 190－191 。

們以為這就很新嗎？」[48] W 離開香港到紐約唸戲劇前曾嘗試用廣東話表演布萊希特（Brecht）的戲劇，結果還是失敗。最後，W 暗示會留在美國。

第四種旅行者以 D 和 Y 為例子，她們代表一種可以適應外國生活的香港人，但她們不抗拒回港生活。D 和 Y 互相並不認識，但她們都是也斯的朋友。D 對繪畫有興趣；Y 則醉心文學。她們的共通點是有感情問題。D 的丈夫及兒子回流香港，但她選擇繼續在巴黎讀書。D 在專心繪畫的過程中，好像重新找回自我。Y 的情況有點複雜。她的丈夫是香港的非法入境者，當他回內地探望母親時被拘留。結果，Y 決定到巴黎繼續學業。Y 投入巴黎生活，但並沒有刻意模仿巴黎人，活得自在，不卑不亢。

總而言之，家對這些香港人來說並不是一個穩定的地方。最後也斯告訴我們大部分人繼續她們的旅程，由一個地方到另一個地方去。X 和 Y 短暫回到香港去，Y 很快便到了台灣；X 則不知又搬到哪裏去了。

至於形式方面，除了上面提過不同形式的實驗外，例如，用不同的字體來表示真實與虛構；以後設的手法來打破真實與虛構的界線等，也斯亦打破不同文類的界限，把遊記、散文、小說、自傳及頌詩

48 同上，頁 35。

都夾雜在一起。然而，也斯告訴我們他最希望寫抒情小說。[49] 王德威也認為《記憶》「須以城市抒情小說來看待」。[50] 也斯在《記憶》中並沒有用線性的敘事方式，他用了大量的意象、象徵及比喻代替常見的現實主義小說的寫作模式。這種用接近寫詩的技巧來寫小說無疑令作品增加了多義性，同樣有助增加解釋作品的角度。

（二）《布拉格的明信片》

也斯在《布拉格》中把形式實驗推至一個極致，分別從形式及內容兩方面挑戰旅遊文學一直以來強調的實證真實，凸顯了旅遊者的感知能力和主觀感覺，同時亦強化了多元角度這個主題。《布拉格》由九部分組成，每一部分的開首包括兩至三封電郵，然後再加上四篇短篇作品，當中夾雜着不同形式的寫作，例如小說、明信片、詩歌，其中最少一篇是旅遊文學。這種文類混雜的處理方式導致讀者對當中那篇旅遊文學的真實性存有極大的懷疑。尤其是也斯在小說的第一部分的第一封電郵中便帶出了當代旅遊特有的問題：科技的進步讓旅遊者的感覺和旅遊活動（空間移動）不吻合。科技進步無疑讓也斯可以很方便的與香港朋友用電郵溝通，結果雖然作者身在柏林，但感覺上好像沒有離開香港一樣。[51] 當代的旅遊活動帶出一個新的面向是過去的旅行者無法感受到的：雖然空間轉移了，但由於現今通訊模式發達，

49　同上，頁 261。

50　王德威：〈香港——一座城市的故事〉（節選），載陳素怡編：《也斯作品評論集》（小說部分），頁 326。

51　也斯：《布拉格的明信片》（香港：青文書屋，2000），頁 7。

旅行者可以隨時與家人和朋友聯繫，感覺上好像從來沒有離開過，還停留在出發地。換言之，旅遊的感覺變得不真實。着重旅遊文學敘事者在旅途中的感覺這點是近年其中一個討論的方向，楊格注意到如果我們把重點放在敘事者的感覺上，我們會變得較強調旅遊文學的文學性，而不是它的紀錄功能。[52] 也斯對小說與遊記的分別曾作過簡單的評論，他認為兩者「有匯通之處，但方向不同，遊記記人記事，小說更重虛構……創作有更大的自由，未必不接近真實」。[53] 小說的虛構功能及創作自由也許較有效說明當代旅遊那種不真實的感覺，說不定讓我們更容易接近當代旅遊的「真實」。

對於真實是什麼一回事和怎樣才可以更好的表達真實等問題，也斯透過不同角度進行反思。其中包括了形式方面的探索，如電郵、書信、明信片等，這些一般看來有效的溝通工具，在也斯筆下亦產生不少的溝通問題。小說本身是虛構為主，也斯如何令這種文類接近真實，亦是值得探討的地方。至於話題方面，也斯除了對事物（例如柏林這個城市）或概念（例如「偏見」）喜歡作反覆探討外，他對於身份問題，例如畫家貝克曼（Beckmann）或者也斯自己是一個怎樣的人等等，亦從多方面進行思考，這裏涉及溝通的問題，思考的結果是真相不是絕對的。本章以下部分會透過形式和主題兩方面說明。

---

52 Tim Youngs, *The Cambridge Introduction to Travel Writing* (Cambridge: Cambridge University Press, 2013), p. 10.

53 也斯：〈我的旅行與寫作〉，載張雙慶、危令敦編：《情思滿江山　天地入沈吟：第一屆世界華文旅遊文學國際學術研討會文集》（香港：明報出版社有限公司，2008），頁400－403。

先說形式方面的問題。書信、明信片及電郵是旅途上常用的通訊工具。在日常生活中（特別是書信及明信片），寄信人及收信人一般都是真實的，有趣的是也斯在《布拉格》中寫的明信片都是虛構的，似要用另一個角度來思考這些書寫工具的可塑性。[54] 這裏先從電郵說起。上文已提過也斯在第一部分〈柏林的電郵（一）〉的第一個電郵中指出，電郵這種快捷便利的通訊模式容易讓旅遊者產生錯覺：雖然人在異鄉，但仍然感到沒有離開過出發地。與此同時，也斯亦對高科技有懷疑，他在第六部分〈柏林的電郵（六）〉的第一個電郵中指出他在旅行期間有幾個星期無法發出及收進電郵，因此他對電郵心存懷疑。結果，也斯寫了一封長信給對方，換了一個形式，他「好似在中文信裏表達了更多自己」。[55] 然而，信件也會出現郵遞問題，也斯在第七部分〈柏林的電郵（七）〉的第二封電郵中便問對方有沒有收到那封長信，因為對方從來沒有提到那封信呢。[56] 事實上，形式當然是一個值得關注的問題，但信中的內容亦未必有效表達真實情況。也斯在旅途中收到一封香港朋友的來信，信中對他的為人充滿誤解，這點會在下面討論主題時再作說明。

明信片是這部小說用來點題的寫作形式，其中第三部分〈柏林的電郵（三）〉的第一篇作品便名為〈布拉格的明信片〉。也斯用寫明信片的形式來寫一個虛構的故事。作者告訴我們寫了四張明信片，每

54　Esther Milne 在 *Letters, Postcards, Email: Technologies of Presence* 中討論過寄信者／發電郵者可以通過書信、電郵塑造有別於自己現實生活中的身份。至於明信片則可以透過照片的形象，令收信者產生想像。

55　也斯：《布拉格的明信片》，頁 119 。

56　同上，頁 149 。

一張的上下款都是虛構的人物名字。收明信片的是一個年輕女子，名叫漢娜，是喜歡收藏明信片的女生；寄信人是一位中年男士，是玩具商人，名叫李平。這些明信片最有趣的地方是李平不停告訴漢娜他不適合用明信片的形式寫東西。李平認為「明信片應該精煉、風趣、有一針見血的俏皮話、公開的私語、適量的親暱、與畫面相應的說明、無傷大雅的挑逗，適合知道界線所在的人們在上面表演花式溜冰」。可是李平「做每一件事都過了頭，連明信片也寫得像半封信那麼長，連地址的位置也佔去」，他認為自己「實在不擅於玩這個遊戲」。[57] 至於李平為什麼要寄明信片給漢娜，主要是答應了漢娜的要求。明信片是十九世紀發明的快速郵遞方式，有點像今天的電郵，也斯用一種「真實」的形式來說一個虛構的故事，讓我們反思形式和真實性之間的關係，那就是說，看似真實的形式並不一定裝載真實的內容，反之亦然。

也斯在第四部分〈柏林的電郵（四）〉的其中一篇〈明信片〉中再次用小說的形式來探討明信片這種形式的另一種特色。小說的主人公是一名獨身男子，每隔一段日子就會收到一名不算太熟悉的女性朋友從世界各地寄來的明信片，公開地表達愛意。然而，某天當女子回到香港，在一個場合跟男子碰上時，女子卻好像完全不認識對方似的。後來，女子又離開香港了，男子再次收到她的明信片。這個短篇小說十分有趣，真實地反映了收明信片者對寫明信片者來說是一個「我希望你亦在這裏」的思念對象，但吊詭之處是收信者永遠都不能

57 同上，頁68。

在他／她身邊，否則便不用或者不能寫明信片了。[58] 男子在故事的最後部分隱約感到自己是一種虛構的存在，因為女子只需要一個書寫的對象，這個人不一定是他。[59]

溝通是也斯十分關注的話題之一，人與人之間很多誤解都與溝通出現問題有關，以下將通過第七部分作整體說明。也斯在〈柏林的電郵（七）〉分別用不同的文類、不同的故事及角度探討人與人之間溝通及理解的困難。第七部分以三封電郵作為開端，緊隨着一篇遊記〈萊比錫的自畫像〉及三篇小說〈工廠區的水神〉、〈不會傷風的神童〉及〈柏林的天使（一）〉。在第一封電郵中，也斯告訴他的編輯，由於他的想法不停改變，他的書稿也作出很多變動。也斯在第二封電郵裏提到因為通訊出現問題，他無法跟朋友在巴黎見面。最後一封電郵是寫給也斯任教那所大學裏主管行政的同事的，他們對課程安排的理解及溝通似乎出現了問題。這個關於溝通與理解的話題在遊記〈萊比錫的自畫像〉中得到進一步的說明。

〈萊比錫的自畫像〉講述也斯在乘火車到萊比錫途中，讀他的朋友來信。他的朋友問：「我不明白你，你到底是怎樣的一個人呢？」[60] 這個問題正是溝通和理解的問題。也斯覺得這個問題不容易回應，他在遊記中並沒有正面回答問題，卻用了畫家貝克曼（Beckmann）的

58　Esther Milne, *Letters, Postcards, Email: Technologies of Presence* (London: Routledge, 2010), p. 94.

59　也斯：《布拉格的明信片》，頁 92。

60　同上，頁 150 。

自畫像來說明問題的複雜性。這篇遊記談到也斯到萊比錫看貝克曼的畫展，貝克曼一生在不同時期為自己畫了很多風格／性格很不同的自畫像。有天真的少年、有優雅的男子，但亦有小丑的形象等等，不同時期面對社會的劇變，貝克曼亦學會了改變。也斯以貝克曼的自畫像作為隱喻，也許是嘗試告訴他的朋友，他在不同的時期、面對不同的環境，已學會了改變，又或者對事物的想法有變。遊記的題目為〈萊比錫的自畫像〉而不是「貝克曼」的自畫像，題目提供了想像空間，因為這裏也可以是指也斯的自畫像。

接下來的三篇小說，我們可以將之看成也斯自己不同時期的自畫像。按照不同時期，先說〈不會傷風的神童〉。故事是關於一個九歲男孩，剛從農村搬到城市讀書。一次學校郊外旅行後，全班同學都病倒了，只有男孩沒有患上傷風。不知道什麼原因男孩被當作所謂神童看待。雖然男孩不停努力解說他只不過是穿了毛衣，但始終沒有辦法改變同學、老師的想法。在種種壓力下，男孩決定離家出走，他用盡所有方法，最後終於患上傷風，他激動得大喊「我祇是個普通人」。[61] 小說中的男孩對周遭格格不入的環境採取的是一種妥協的態度。如果把患上傷風看成為一個隱喻，這種病就是作為普通人的憑證，那男孩就是要融入這種環境。這名男孩跟〈工廠區的水神〉中的年輕人有一個共通點，就是兩人跟身邊的環境都顯得格格不入，但兩人應對的方法很不一樣。

61 同上，頁 164。

如果我們把〈不會傷風的神童〉看成孩童時代也斯的寫照，反映他從黃竹坑（當年的鄉間）搬到北角（城市）時所面對的種種困難的話，〈工廠區的水神〉則是也斯大學畢業後，剛進入社會時的情況。同樣是感到跟身邊的人或事格格不入，但〈工廠區的水神〉中的也斯並沒有妥協。我們看到他趁着中午吃飯的時間到工廠區附近的書店買了一本書《中國的水神》，一面吃飯、一面翻開新書，同時冷眼旁觀其他食客數說別人長短。也斯在小說中的態度明顯要跟其他人劃清界線。

最後我們從另一個角度再看也斯。〈柏林的天使（一）〉中的也斯是一個較成熟的學者形象，跟上述兩個形象很不同。也斯在這篇可以算是遊記的作品中表現較輕鬆，亦樂於接受不同的看法。也斯在柏林期間經常流連在國立圖書館，認識了一群學者或喜歡讀書的人。他們來自五湖四海，常常在休息時走在一起討論。其中有一次論及「偏見」的話題時，大家各持己見、互不相讓，但討論過後大家還是好朋友，大有和而不同的味道，就着同一個話題，得出不同的角度。

從以上的討論中，我們可以看到也斯嘗試通過不同形式和故事，更好地將自己是怎樣一個人的信息傳達給友人。當中無論貝克曼或也斯都經過時間的洗禮而發生了深刻的變化，前者用不同時期的自畫像來表達；後者則用了描述不同年紀的小說來說明。每一個階段的貝克曼或也斯都是真實的，所以我們不可以用單一個形象來把他們概括起來，會有以偏概全之嫌。

《布拉格》無疑是透過文類形式的實驗，把多種話題反覆展現，從而對於真實是什麼一回事和怎樣才可以更好的表達真實等課題有較深入的探討，構成多元角度的效果。[62]

（三）《後殖民食物與愛情》

相對於《記憶》及《布拉格》，《後殖民》在形式方面的實驗性不算強，也斯指出他寫《記憶》和《布拉格》時「很想在敘事和語言上多所嘗試、試作實驗。後來寫目前這些故事（《後殖民》）的時候，反而想在人物方面多下功夫，也想多包容傳統或通俗的敘事手法」。[63] 包容不同敘事手法的結果是讓《後殖民》在旅遊文學的真實性這個話題上，帶出另一個值得思考的角度來。《後殖民》不單從敘事手法及旅遊者兩方面對現代旅遊文學及「反現代旅遊文學」作出反撥，這部小說在結構及內容方面都呈現混雜、開放、不具形相的特色，充分配合也斯要表現的香港多元特色。[64] 關於小說的結構及內容與香港多元特色的討論已有另文處理，以下部分將集中討論敘事手法及旅遊者兩方面。

《後殖民》以寫虛構小說開始，但在寫作過程中，也斯混雜了其它不同的寫作形式、文類，甚至是媒體，從而得出有趣的效果：小說

62　《布拉格》被稱為「映像小說」，在文字以外，還配有很多照片。本文以討論文字創作為主，所以映像方面的討論從略。

63　也斯：《後殖民食物與愛情》，頁 375。

64　有關這方面的詳細討論見筆者的〈讀也斯《後殖民食物與愛情》的一種方法〉。

的真實性加強了。《後殖民》的人物描述較《記憶》和《布拉格》都要豐富及多姿多彩，除了描寫香港人在外地旅遊和生活的情況外，也斯提供了一個較少人觸碰的角度，那就是從被殖民者的身份描述一個白人殖民者旅遊時或在外地生活的苦況。以上兩個特徵分別讓讀者反思現代旅遊文學（白人殖民者寫的旅遊文學）及「反旅遊文學」中的局限。

《後殖民》由十三章（十三個故事）組成，正如也斯指出這些故事的敍事手法包容性較大。其中包括不同文類的夾雜，例如小說和戲劇的結合有〈濠江殺手鹹蝦醬〉，電影和小說的混雜有〈愛美麗在屯門〉，報章報道嵌入小說中有〈續西廂〉，還有電郵夾雜在小說裏的〈尾聲〉等。這些作品又可以分為兩大類：第一類用幻想力或虛構性更強的故事來襯托原本要說的故事，結果令原本看來是虛構小說的那部分，真實感覺加強了。〈濠江殺手鹹蝦醬〉和〈愛美麗在屯門〉就是其中的例子。另一類是直接把一般用來報道或傳遞看來較真實信息的形式放進小說中，增加小說的真實性。

以〈濠江殺手鹹蝦醬〉為例，也斯採用了故事中有故事的手法。故事的主幹是寫國強這個澳門編劇在香港跟有夫之婦安發生的婚外情。國強無論是事業或者和安的發展都出現問題，所以他想到要寫一個關於濠江殺手的故事來抒發失落的情感。這個殺手的故事開始時，國強曾向澳門政府劇團提過要寫，但被否決，所以應該是一個劇本的故事原型。這個劇本故事同樣是關於婚外情，但主人翁是一名殺手，愛上黑幫頭目的女人，後來又懷疑對方另有情人。故事人物身份及關係錯綜複雜，讓人想到黑幫電影的情節。這個關於殺手的劇本跟原來國強那個故事比較之下，後者變得較為真實。[65] 換一個角度來看，如果也斯只寫國強的故事的話，讀者很大可能會把它當作一般虛構小說看待，現在加插了幻想成分較高的，一個關於殺手的劇本在小說裏，國強那個故事的虛構性被淡化，所以感覺真實了。〈愛美麗在屯門〉的部分內容明顯是受到法國電影《天使愛美麗》（*Amélie from Montmartre*）影響而寫的。雖然也斯在這個故事中把電影的內容和小說作了較緊密的結合，但仍然有屬於也斯寫的故事，只要把兩者分開，也斯的小說同樣會變得比跟電影有關的那部分看來較真實。

〈續西廂〉可以說由兩種寫作形式——小說和報章報道——並置而成。也斯在小說中用不同字體標示兩種不同的書寫，小說故事圍繞一所香港的大學的人事權力鬥爭，而新聞報道的內容是關於旺角一場大火。也斯把工作間的辦公室政治比喻成愈演愈烈的一場火，這個比喻跟真實世界中那場火聯繫上了。[66] 旺角花園街大火發生在 2011 年，也斯引述的資料或筆法與新聞報道無異，當他把大學權力鬥爭的故事和這場大火並列在一起，兩者互相指涉的關係十分明顯。兩種書寫形式在磋商的過程中，以真實性來說，小說的虛構性無形中被弱化了，讀者很容易會把大學人事鬥爭那個故事看成同樣具有相當的真實性。

---

65 這種敘事方法讓讀者聯想到布希亞（Jean Baudrillard）對迪士尼樂園存在的解説。簡單來説，迪士尼樂園以充滿幻想色彩的姿態存在，主要是讓我們相信樂園以外的世界（即美國）是真實的。（原文見 “Jean Baudrillard, from ‘Simulacra and Simulations’” 收錄在 Peter Brooker 編的 *Modernism/Postmodernism* (London: Longman Group, 1999)，頁 151-162。布希亞的理論自有它的上文下理（context），這裏無意直接把它引用或解析也斯的作品，但我對也斯這部分的討論的確有受到布希亞的啟發。

66 也斯：《後殖民食物與愛情》，頁 242 。

〈尾聲〉名副其實是小說最後一章，作者把小說中曾經提過的主要人物在這裏都一一做了簡單的交代。值得注意的是在這一章或者說是小說最後一部分，也斯用了一封電郵作結。電郵是由其中一位主要人物老薛寫給他的舊同事小雪的。小雪在香港生活不如意，移居到台灣。老薛在電郵中說了些對香港的不滿，但在結尾部分還是鼓勵小雪有機會回流香港，繼續努力。電郵相對於小說這種文類，真實性看來較強，但它是否足以弱化這一章的虛構性？從這裏看來它始終沒法達到把新聞報道嵌入的效果。事實上，這封電郵的發出及收件者都是虛構人物。然而，電郵還有一點特色很值得注意，那就是這種工具令我們對實體存在的感覺改變了，直接影響我們對小說人物的看法。電郵是這裏提過的各種溝通工具中唯一沒有實體的一種。我們一般是在不同的屏幕上讀電郵的，它不像書信及明信片般有實體（這裏主要指紙張、墨水的痕跡）的存在，電郵這種特點無形中亦影響了我們對人類實體存在的看法。米妮（Esther Milne）在討論電郵的特色時曾經舉了一個網絡寫作組織（Cybermind）創辦人之一格倫（Michael Current）的死亡作為例子，帶出電郵影響了人們對死亡的感覺。這個組織的其他創辦人或成員從來沒有跟格倫的實體接觸過，換言之，格倫對其他人來說從來都是「虛擬的存在」。[67] 結果，死亡的感覺變得不真實。這個組織一直沒有把格倫的名字從名單中剔除，他就像過世前一樣，「虛擬的存在」着。格倫的「虛擬存在」不禁讓我們反思：到底他和小說人物例如老薛及小雪的分別有多大呢？電郵或者是網絡通訊令人類的存在變得虛擬化，結果把我們跟小說人物的距離拉近了。

67　Esther Milne, *Letters, Postcards, Email: Technologies of Presence*, p. 177.

小說的虛構性相對淡化了，其中一個影響是故事中那些人物的真實感增加了。從上述《布拉格》的討論中，我們可以看到也斯強調無論是他自己或其他人都可以有很多面，要從多角度了解。也斯在《後殖民》裏開宗明義，要在人物方面下工夫，結果讓我們對不同旅遊者的理解變得更立體，無法簡單劃分成殖民者或被殖民者兩種類型。十三章小說裏，有七章故事的發生地點都不在香港。在這七個故事中，有香港人到外地旅行，也有長期在香港居住的外國人一起同行。其餘六章的故事也夾雜了外國人在香港生活的情況。這裏說的外國人主要是美國人羅傑。

羅傑身為美國白人，本身代表了西方或白人殖民者的文化。[68] 然而，他在香港工作及生活了二十年，住在香港比回美國更習慣。羅傑在香港或其他亞洲城市的經驗提供了另一種角度，讓我們了解白人旅行者的難處。另一方面，小說中許多人物都是來自香港這個前殖民地。例如史提芬、老薛一家、小雪等，有趣的是，他們的移民或旅遊地點跟《記憶》及《布拉格》中的旅遊者很不同。《後殖民》的史提芬去越南旅行，老薛一家移民加拿大，小雪移居台灣等，這些地方都是前殖民地。相反，《記憶》及《布拉格》中的旅行者多數選擇倫敦、巴黎、紐約及柏林等作為旅遊或定居的目的地。接下來這部分會集中

---

68 美國白人文化跟殖民者文化等同這點，可以從以下的例子看到。也斯跟美國詩人奧城（Gordon T. Osing）一起翻譯也斯的詩作時，曾經被問及在翻譯過程中的改動與後殖民的問題。其中也斯回應指，他就算有讓步，「也不是被殖民者對殖民者的讓步」，而是從語言文化方面考慮。換言之，美國人在也斯的討論中可以代表殖民者。見 Leung Ping-kwan, *City at the End of Time: Poems by Leung Ping-kwan*. Ed. and Intro. by Esther M. K. Cheung (Hong Kong: University of Hong Kong Press, 2012), p. 232.

討論羅傑及史提芬這兩個旅行者，以豐富也斯旅遊文學的多元角度 。

羅傑是在香港的大學教書的外國人，來港快二十年了，工作不算順利，感情亦一片空白，直到他遇到阿素。阿素是在屯門出生及成長的香港女子。羅傑在香港生活的情況可以說是遊記的一種，羅傑跟阿素從香港出發到日本旅行，更是遊記中的遊記。無論在香港或是日本，羅傑這個白人旅遊者都是以一個窩囊、無所適從的形象出現。傳統白人旅遊者的無知、業餘絕對可以在他身上找到，但他身上卻完全沒有帝國主義者懷舊（imperialist nostalgia ）的痕跡。作為保護機制的自嘲亦不存在於羅傑身上，他的遊記讀者是殖民地的人，其中最早或最直接「評論」他的遊蹤的是阿素。羅傑的遊記是關於跟阿素去京都旅行的情況。由於言語不通，環境陌生，羅傑作為異鄉人的焦慮更加明顯。過去白人身上看到的文化優越感在羅傑身上完全沒有，他更像一個無助的小孩。

羅傑在香港旅居的情況可以在〈愛美麗在屯門〉那章看到。羅傑為了討好阿素，放棄自己的喜好，例如莫扎特、文學、色士風，並陪她聽劉德華演唱會，由九龍塘搬到荃灣，他吃中藥、喝港式奶茶及吃蛋撻。[69] 阿素的弟弟稱羅傑為「鬼佬」，喊他遞茶壺、拿報紙，而阿素則埋怨羅傑在飲茶時不跟她家人說話，羅傑有口難言，她的家人不是顧着看雜誌便是吃東西，末了，阿素只好怪他為什麼說英語，還數落

69　也斯：《後殖民食物與愛情》，頁 156－167。

他不知道哪天會跑回美國去。[70] 羅傑在這裏亦訴說了異鄉人的悲哀。他已離開美國多年，相對於香港，他對美國更沒法適應。最後，他感嘆自己連阿素也不如，因為他沒有一個像屯門一樣的家。[71] 羅傑這篇由白人寫的香港遊記徹底被顛覆，他在這塊前殖民地的地位低下，處處遭人白眼。

雖然羅傑盡力投入香港文化，但他仍然覺得自己是一個外來者。文化差異大概是其中一個原因令阿素及羅傑最終分手。在小說結尾部分，也斯告訴我們羅傑到首爾旅行去。他在那邊跟一位外號稱作「公主」的韓國女子約會。雖然「公主」是韓國人，但由於她長期生活在外地的關係，「公主」完全沒有信心帶羅傑遊覽首爾。在這種情況下，羅傑主動提議充當導遊，反過來帶「公主」遊首爾。結果，羅傑終於可以扮演本地人的角色，但是在一個「不對的」城市裏。

羅傑的例子並不是唯一的。事實上，在家以外的地方找到家的感覺是《後殖民》其中一個重要的主題。除了羅傑以外，老薛及史提芬都遇到同樣的問題。老薛是一名知識豐富的美食家，他特別酷愛正宗的中國菜。只是他的專長並沒有受到家人、同事甚至香港人的重視。老薛反而在溫哥華找到歸屬感，那邊的唐人街舉辦烹飪比賽，主辦單位十分看重老薛，邀請他當首席評判。老薛在評審過程中得以一嚐中國大江南北正宗的美食，彷彿所有美食都「移民」到加拿大去。我們

70 同上，頁 49。
71 同上，頁 162。

可以想像說不定日後要到那邊去嚐正宗的中國菜呢。

在〈沿湄公河尋找杜哈絲〉這個故事裏，史提芬到越南胡志明市去尋找他的家或者說根。史提芬曾經營髮型屋兼酒吧，舖子結業後他在電視台做研究員的工作。這次到胡志明市，表面上是要找編劇資料，但隨着故事發展下去，我們發現他想多了解在越南出生的法國作家杜哈絲（Marguerite Duras）的事情。背後的原因跟史提芬的父親有關。他們父子倆在史提芬父母離婚後關係一直不好。後來史提芬無意中發現了父親對杜哈絲的文學有興趣，所以他安排了到越南去，希望多了解他父親的喜好。這次旅行可以說是史提芬「尋根」之旅，雖然他的根是象徵性或者是文化上的，而不是具體的。無論如何，我們再次碰到彷彿在他方才可以找到自己的家這個主題。

史提芬的故事間接把杜哈絲這個法國殖民者的生平帶進小說裏，提供多一個例子（真實的例子），再次說明我們看待殖民者時亦應該用多元角度。杜哈絲在西貢出生，她的父親到達越南後便患病，後來要回法國醫治。然而，杜哈絲的父親回國不久便過世，做母親的決定帶着三個孩子在西貢待下去。可惜的是杜哈絲的母親投資失敗，讓一家人長期在貧窮中過活。杜哈絲直到 17 歲返回法國去，才得以脫離悲慘的生活。[72] 史提芬的尋根之旅最後還是沒法找到杜哈絲的故居，或更多有關這位作家的資料。越南當地的人對杜哈絲這個「同鄉」看來不大認識，亦不大重視，反而史提芬這個香港人對她更感親切。只是

72　Leslie Hill, *Marguerite Duras: Apocalyptic Desires*(London: Routledge, 1993), pp. 1-2.

想深一層，杜哈絲代表所謂法國的殖民者；史提芬則是被英國殖民的香港人。這種關係正如也斯在小說的〈後記〉所說，殖民主義理論根本無法說明不同殖民地的複雜性。

三

現代旅遊文學曾經作為殖民者建構殖民地擴張計劃的其中一種重要文類，長期以來只聽到白人殖民者／旅行者的聲音，這種情況到了近年，特別是進入了後殖民時期，變得眾聲喧嘩，其中被殖民者的旅遊文學相對受到重視，出現了所謂「反旅遊文學」，着意對傳統的殖民者旅遊文學的一種反撥及挑戰。香港的旅遊文學在這種文學生態變化中還沒有正式加入討論，本章分析了也斯三部跟旅遊有關的作品，發現也斯的旅遊文學呈現了一種跟現代旅遊文學及「反旅遊文學」不同的類型，從中除了反映出香港作為殖民地跟其他殖民地有一定的分別外，更重要的是也斯透過自己的旅遊文學創作凸顯了他對香港文化特色的看法，那就是——多元角度。

也斯的旅遊文學跟白人旅遊文學其中一種分別是白人的優越感消失了；然而，這並不等同於反抗殖民者的一種姿態，也斯並沒有打算寫「反旅遊文學」。相反，也斯從一種同情的態度來描述一個白種異鄉人在外地生活面對的種種問題。這些問題從生活在他鄉的香港人身上同樣可以找到。在也斯眼中，白種的異鄉人跟有色人種的異鄉人在外地碰到的問題都是一樣的，其中最大的分別是有沒有回家的可能。也斯的小說告訴我們香港人還是有自己的家；反而住在香港多年的美國人（跟第三世界的被殖民者一樣）已變得無家可歸，這種觀察完全顛覆了傳統的殖民者跟被殖民者的簡單關係。事實上，也斯筆下的旅行者種類繁多，根本不能簡單歸類。

另外，也斯透過作品，從根本上挑戰遊記體的真實性，這種手段當然可以有效的否定白人殖民計劃的合理性，但同時亦質疑「反旅遊文學」的有效性，這種把旅遊文學小說化或虛構化的做法，打破了二元對立的（非真即假）簡單局面，正正是重視多元角度的結果。簡單來說，對真實的肯定，無形中會建立一元獨大的局面，也斯用了很多形式上的實驗，特別是把虛構小說夾雜在遊記中；同一個人物在不同時期看事物的角度變化，或不同人物看事物的不同角度；又或者用不同的文類或者郵遞工具來反覆描述同一個話題等等來打破單一角度的框架。也斯旅遊文學的多元角度顯示了旅遊文學本身的可能性，突破了旅遊文學長期以來困於殖民／後殖民理論的桎梏，充分發揮這種文類的本色。

第五章　都市漫遊者

漫遊者在香港的一種可能

漫遊者（flâneur）在現代城市漫遊（flânerie）作為文學、社會學及都市藝術中的一個常見母題始於十九世紀的巴黎，最先見於本雅明（W. Benjamin）對波特萊爾（C. Baudelaire）的分析。[1] 梁秉鈞早於七十年代初以香港的城市街道入詩。然而，作為一個都市漫遊者，相信詩人的年資更早。梁秉鈞於 1949 年剛出生幾個月便隨家人移居香港。早年住在仍然是鄉郊的黃竹坑。直至六十年代，詩人小學五年級才搬到屬於市區的北角。[2] 直到詩人離世前（2012 年末）回憶起兒時的北角時，他如數家珍的把當時街道的熱鬧情況娓娓道來，五六十年代的北角躍然紙上：

> 那時的北角，還遺留着 50 年代小上海的痕跡，對於從鄉下出來的孩子，特別感到街（道）寬敞、清潔整齊。英皇道上還有高級的白俄餐廳溫莎，櫥窗裏擺滿巧克力、新鮮出爐的麵包糕點，復活節和聖誕節蛋糕，慶祝跟鄉村不同的節日。上海店黃昏時生煎包出爐的香

1　Keith Tester, *The Flâneur* (London: Routledge, 1994), p. 1.

2　梁秉鈞很早便寫香港的城市詩這點見黃淑嫻、吳煦斌編：《回看　也斯（1949－2013）》（香港：康樂及文化事務處，2014），頁 24。至於詩人的出生及早年在香港的生活情況則參考也斯：《城與文學》（杭州：浙江大學出版社，2012），頁 245。

> 氣，吸引了排隊購買的人潮。西餐廳美都、美華帶來不同的西餐、不同的飲食禮儀……走在當年寬敞的英皇道上，來自鄉村的孩子目不暇給，在名園東街窄巷的金魚攤子前流連忘返，在不同的報攤前瀏覽那些五光十色的都市報刊，嘗試從裏面找出一些新名字新品種。走過夏天賣雪糕、冬天賣臘味的皇上皇，曾試去理解城市人奇怪的分辨季節的方法。走過高級的咖啡店或時裝店，用無限好奇的眼光觀察那自己生活圈子以外的生活。造寸時裝、蘭心婚紗攝影、華納鞋店、雲華洋服，都是鄉村所無的事物……回想我最先對都市的認識，確是帶着鄉下孩子的好奇與迷惑的眼光。自己喜歡在都市的角落閒蕩，總會找到鄉村找不到的新奇事物。[3]

以上一段稍長的引文基本上已把本雅明筆下波特萊爾這位著名漫遊者的一些主要特徵都勾畫了出來。[4]現代主義作品中有關城市的討論一般會追溯至本雅明的描述。[5]其中本雅明、波特萊爾及漫遊者的討論都成為很多重要的城市研究、文化研究及現代主義批評的參照點。[6]梁秉鈞小時候已經與波特萊爾一樣，喜愛在街上閒逛和櫥窗購物（window shopping）。然而基於年代的不同，梁秉鈞比波特萊爾晚了差不

3　也斯：《城與文學》，頁 245-246。

4　關於波特萊爾筆下漫遊者的特徵會在以下第二及三部分作進一步說明。

5　Walter Benjamin, *Charles Baudelaire: A Lyric Poet in the Era of High Capitalism*. Trans. Harry Zohn (London: Verso, 1997).

6　例如從馬歇爾・伯曼：《一切堅固的東西都煙消雲散了——現代性體驗》（北京：商務印書館，2003）、大衛・哈維：《後現代的狀況——對文化變遷之緣起的探究》（北京：商務印書館，2013）、李歐梵：《上海摩登：一種新都市文化在中國（1930－1945）》（上海：三聯書店，2008）、帕克：《遇見都市：理論與經驗》（台北：群學出版有限公司，2007）、Richard Lehan, *The City in Literature: An Intellectual and Cultural History* (Berkeley: University of California Press, 1998)、Ackbar Abbas, *Hong Kong: Culture and the Politics of Disappearance* (Hong Kong: Hong Kong University Press, 1997)、張美君、朱耀偉編著：《香港文學＠文化研究》（香港：牛津大學出版社，2002）等作品都可以看到本雅明等理論家的影響。其中又以 David Frisby, *Cityscapes of Modernity: Critical Explorations* (London: Polity Press, 2001) 受的影響最為明顯。

多一個世紀才進入文壇，而且大家身處的城市的現代化程度也不同：十九世紀中的巴黎和七十年代以後的香港。上述的引文是梁秉鈞回憶孩提時代閒逛北角時的感覺，當他長大成了詩人時，通過詩歌表達出來的內容變得較為複雜。當我們把兩位詩人並置在一起，相互參照閱讀時，會發現在梁秉鈞筆下，都市漫遊者的內涵變得更加豐富。這一章會簡單分成四個部分進行討論。第一部分會先介紹都市漫遊者的歷史，說明不同時期漫遊者的特徵。第二部分會分析波特萊爾詩歌中的漫遊者。第三部分亦是這一章的重點，主要分析梁秉鈞詩歌裏的漫遊者。最後一部分會把兩位詩人並置，希望通過間距，嘗試開拓都市漫遊者新的可能性。

一

都市漫遊者也有他的歷史，他的出現最早可以追溯至十九世紀初，直至現在為止，可以籠統的分成三個階段。第一個階段是指十九世紀初，代表人物是博何文（M. Bon-Homme）筆下的漫遊者。而本雅明筆下的現代主義詩人波特萊爾是最為人所知的漫遊者，被視為現代性的重要象徵，亦即是第二階段的代表人物。第三個階段是指二十世紀四十年代以後，即後現代主義概念逐漸成形的時間。[7] 由此帶出一

---

7 關於現代主義和後現代主義的區分是一個複雜的話題，值得另文討論。由於這個話題並不是本章討論的焦點，這裏簡單採用了馬泰．卡林內斯庫：《現代性的五副面孔——現代主義、先鋒派、頹廢、媚俗藝術、後現代主義》（北京：商務印書館，2004）中頁 334 的劃分，以方便本章的討論。關於我對現代主義和後現代主義時期劃分的看法，可以參考拙作 C. T. Au, *The Hong Kong Modernism of Leung Ping-kwan*，第一章。

個問題來：到底都市漫遊者作為一個現代性的象徵在所謂後現代主義時期會出現什麼變化呢？

評論者弗格森（Priscilla Parkhurst Ferguson）認為漫遊者的歷史和現代巴黎的發展關係密切。她指出我們如果把漫遊者和漫遊獨立來看，不把兩個概念放在特定的時空裏的話，我們是無法理解漫遊者和漫遊到底是什麼一回事的。[8]弗格森進一步解釋漫遊者在巴黎的出現是和這個城市的經歷有關。當時法國在不足一百年間經歷三次大革命、兩次共和國政府、君主立憲制及帝國政權下交替管治。巴黎歷經了城市化的困擾，作家們把他們對社會秩序的理解用來重塑漫遊者的形象。[9]根據弗格森的分析，最早的中產階級漫遊者出現於1806年。博何文於那年寫了一本三十二頁的小冊子，介紹了漫遊者的主要特徵。例如，漫遊者和他身處的外在世界隔離，但他們大多直接或間接與藝術有關。漫遊者一般是獨身人士（或者喪偶），經常在城市裏漫無目的地閒蕩。也許博何文筆下的漫遊者最大的特徵是他們從來也不會購物，他們只會觀察。以上提到的種種特徵彷彿排除了有女性漫遊者的可能，因為女性一般給人的印象是經常購物，不管是為了自己還是為了家人。[10]

---

8 Priscilla Parkhurst, Ferguson, "The flâneur on and off the streets of Paris." In Keith Tester ed., *The Flâneur* (London: Routledge, 1994), pp. 22-23.

9 Ibid., pp. 22-23.

10 Ibid., pp. 26-32. 關於是否可能有女性漫遊者，是一個十分值得討論的話題。由於這個話題溢出了本章的討論範圍，所以這裏只作簡單說明。為了方便討論，本章假設了漫遊者為男性，有關女性漫遊者的討論可以參考以下的研究：Janet Wolff's paper "The artist and the flâneur: Rodin, Rilke and Gwen John in Paris." In Keith Tester ed., *The Flâneur*, pp. 111-137. 麥道威爾：《性別、認同與地方：女性主義地理學概說》。徐苔玲，王志弘譯（台北：群學出版有限公司，2006）。

麥道威爾（Linda McDowell）在談到漫遊者的性別時認同威爾森（Elizabeth Wilson）及黑若恩（Liz Heron）的見解，但她除了認為不應只限於從生物學的角度着眼分析漫遊者以外，更提出了女性漫遊者存在的可能性。麥道威爾、威爾森及黑若恩都認為女性在十九、二十世紀已擁有相當的自由在城市的街道上（獨自）行走。[11] 然而，沃爾夫（Janet Wolff）卻持相反意見，認為女性在城市公共空間中的活動仍然受到很大的限制。[12] 麥道威爾等人的爭論還未有定案，事實上這些爭論的結果並不是這一章的關注點，只是她們對漫遊者性別的爭辯為日後引用漫遊者的理論來討論女性作家和詩人提供了一種可能性。無論如何，第一及第二階段的漫遊者形象都是以男性漫遊者為主，一直以來討論的重點也放在第二階段，特別是波特萊爾筆下的漫遊者。

本雅明把漫遊者看成現代性的討論焦點。他仔細分析波特萊爾的詩作，發現波特萊爾的漫遊者有以下特徵。這些特質成為了現代漫遊者的基準。也許博何文和波特萊爾的漫遊者的最大分別是，後者不止購物，亦把自己看成是商品的一種。[13] 由於漫遊者經常與藝術扯上關係，所以他會到市場去尋找對他的作品有興趣的買家。此外，漫遊者在商場裏找到「在家的感覺」：街道變成了漫遊者的居所。[14] 這點暗示了漫遊者享受置身於人群中。本雅明甚至把漫遊者與偵探相提並論，

---

11 麥道威爾：《性別、認同與地方》，頁 208－212。

12 Janet Wolff, "The artist and the flâneur: Rodin, Rilke and Gwen John in Paris." In Keith Tester ed., *The Flâneur*, pp. 111-137.

13 Walter Benjamin, *Charles Baudelaire* (London: Verso, 1997), p. 34.

14 Ibid., p. 37.

兩者都嘗試在城市中偵測罪惡。[15]

值得注意的是波特萊爾一方面描述漫遊者極盛的時期；但另一方面詩人又標示了漫遊者的衰落。根據本雅明的說法，當政府對巴黎的街道強加管制，那意味着漫遊者的家園逐漸消失。其中一個例子是法國政府要為房屋加上門牌號碼及規範人們的住址。結果，漫遊者在一個已變得沒有家的感覺的城市中漫遊。[16] 另外，令人難以想像的是如果漫遊者的步速慢得像烏龜一樣的話，他不被急速的汽車輾過才怪呢。關於漫遊者的命運大致可以分成兩種看法。第一種看法認為漫遊者會在現代城市中消失。評論家例如本雅明、希弗爾布施（Wolfgang Schivelbusch）及穆西爾（Robert Musil）指出漫遊者會在現代城市中死去。[17] 馬斯列殊（Bruce Mazlish）的意見表面看來和本雅明等有分別，他認為漫遊者在現代城市中仍然可以生存，但會在後現代性裏到達終點。他指出現代和後現代城市的最大分別是：在現代裏，漫遊者始終相信自己是在描述一個現代資本主義社會裏的真實本質；然而，在後現代城市裏，漫遊者再也無法找到真實。[18] 簡單來說馬斯列殊的看法和其他學者最大的分別在於時間上的先後次序。他們都認同漫遊者是現代性的產物，但其他學者認為漫遊者會在現代性發展得愈來愈急速時消失，馬斯列殊卻認為漫遊者可以延至最後，直到後現代性到來才消失。

15　Ibid., p. 41.

16　Ibid., p. 47.

17　Keith Tester, "Introduction", *The Flâneur*, p. 15-16.

18　Bruce Mazlish, "The *Flâneur:* from spectator to representation." In Keith Tester ed., *The Flâneur* (London: Routledge, 1994), p. 53.

另一種看法認為漫遊者在後現代的生活模式中以另一種形態——電子漫遊者（electronic flâneur）的姿態出現。然而，在衍化成電子漫遊者的形態以前，格勒塔（Marit Grøtta）在她的研究中發現波特萊爾的寫作所包含的十九世紀的媒體科技（media technology）和二十世紀的視覺科技（visual technologies）有相通的地方。例如報紙呈現出一種沒有連貫性的散文；電影出現前的（precinematic）玩具製造一種類似 3D 的視覺效果，此外，照相的出現為我們提供一種新的角度來看世界。這些新媒體早已隱含了現實並「不真實」這項特徵。這些新媒體技術創造了一個疑似真實的幻象，真實生活及經驗變得無法觸及。換言之，早在十九世紀中期，漫遊者已感受到真實的消失。[19] 一直以來真實的消失被視為後現代性的主要特徵之一，如果在波特萊爾筆下的漫遊者早已隱含這種特性的話，那麼漫遊者在後現代存在的可能性應該較高。費瑟斯通（Mike Featherstone）的論述進一步把後現代城市的場景推向巴黎以外，他注意到後現代城市的多元及碎片化最先在殖民城市出現，香港是其中一個例子。另一種可供漫遊的後現代場景是虛擬的網上空間。

漫遊者可以在後現代城市裏，例如殖民城市及虛擬城市（空間）繼續漫遊這點，對我們探討梁秉鈞的城市詩有很大幫助。正如在這一

19 "electronic flâneur" 這個詞出自 Mike Featherstone。除了「電子漫遊者」外，筆者在會議文章〈西西的玩具：都市漫遊者的另一種可能〉中提出漫遊者的另一種形態「玩具漫遊者」，日後會另文討論。關於漫遊者和後現代的關係及存在的可能性的討論主要參考以下評論：Marit Grøtta, *Baudelaire's Media Aesthetics: The Gaze of the Flâneur and 19th Century Media* (New York: Bloomsbury Academic, 2015). Mike Featherstone, "The Flâneur, the City and Virtual Public Life", *Urban Studies*, vol. 35, nos. 5-6, 1998, pp. 909-925.

章的開首部分指出，詩人於七十年代初開始寫關於香港的詩，那時的香港除了包含了殖民城市的混雜及碎片化特色外，城市的發展已明顯夾雜了後現代性。雖然格勒塔認為波特萊爾筆下的漫遊者已隱含二十世紀視覺科技的特色，但在《惡之花》（*Les Fleurs du mal*）的城市詩中所顯現的特色還是較接近本雅明的討論。以下先簡單介紹波特萊爾漫遊者的特色，然後再詳細分析梁秉鈞的漫遊者。

二

雖然波特萊爾的漫遊者和博何文描繪的有不同之處，特別是對於會否參與市場活動這點兩者的分歧最大，但他們的基本共通點是享受逛街。我們可以透過波特萊爾對布魯塞爾的批評清楚看到他對漫遊者的看法。詩人對布魯塞爾最不滿的地方是那裏沒有櫥窗，一些愛好想像的民族所喜歡的閒逛在布魯塞爾也沒有可能。那裏沒有什麼好看，街道可說是百無一用。[20] 波特萊爾的評語符合我們認知的典型漫遊者特徵：喜歡閒逛。除了這些傳統的特徵，詩人暗示漫遊者期待在街上有更多的收穫。本雅明提到漫遊者享受置身人群中觀察他們。他接着解釋，波特萊爾喜愛孤獨，但他渴望在人群當中。[21] 詩人認為並不是所有人都擁有那種沐浴在人潮中的天份，懂得享受在人群中的樂趣是一種藝術。[22] 其中波特萊爾（或者說他筆下的漫遊者）最喜歡扮演偵探的

20 Walter Benjamin, *Charles Baudelaire*, p. 50.

21 Ibid.

22 Charles Baudelaire, *Selected Poems* (London: Penguin Books, 1995), p. 201.

角色。當然詩人筆下的漫遊者並不是每一次在街上行走時都會看到罪惡，但總的來說他亦有不少發現。

漫遊者是如何像偵探一樣偵察到罪惡呢？當漫遊者在人群中，他會嘗試在人叢中尋找多樣性，然後，漫遊者會代入人群中那些把自己凸顯了出來的個體身上。這種過程涉及到內化及向內轉向。[23] 波特萊爾指出他享受可以隨意成為自己或其他人。情況就像四處遊蕩的靈魂一樣，當尋找到一個他（或她）認為值得「探訪」的身體後，便附在他身上。[24] 例如詩人在〈兇手的酒〉（"Murderer's Wine"）這首詩中描述了一宗謀殺案。那是關於一個酒鬼謀殺了他的妻子後慶祝重獲自由的情況。[25] 波特萊爾用內心獨白來表達兇手的內心世界。詩人的漫遊並不是經常碰到甚至讓他進入謀殺犯的身體，在更多情況下他發現屍體、兇案現場和「探訪」生活在城市黑暗角落裏的小人物的靈魂。〈被殺的女人〉是發現屍體和兇案現場的一個例子。這首詩由十四節詩組成，雖然詩的副題是「無名大師的素描」，但這幅畫並不一定存在，[26] 我們不妨把它看成屍體發現案來看，下面是節錄其中四節（第七、九、十二及十四節）：

---

23 Richard Lehan, *The City in Literature: An Intellectual and Cultural History* (Berkeley: University of California Press, 1998), p. 72.

24 Charles Baudelaire, *Selected Poems*, p. 202.

25 英文翻譯為："My wife is dead. I'm free to get /Drunk any time I want to now. / I'd come home broke and she knew how /To nag me till my nerves gave out. /…… I shoved her in the well. She drowned. /And then I dropped in paving stones /On top of her, to hide the bones. / - Well, out of sight is out of mind! /……Alone. An independent man! /I'll get dead drunk by six o'clock. / Then put my head down on a rock / And let the world go whirling on." 引自 Charles Baudelaire, *Complete Poems* (London: Carcanet Press Limited, 1997), pp. 275-277.

26 波特萊爾著，郭宏安譯：《惡之花》（桂林：廣西師範大學出版社，2002），頁 167。

> 一具無頭的屍體，鮮血流成河，/ 流淌在乾渴的枕上，/ 枕布狂飲着鮮紅的流動的血，/ 彷彿那乾旱的草場。/ 就彷彿從黑暗中產生的幻象，/ 讓我們目不能斜視，/ 她的頭，一大團濃髮又黑又長，/ 還戴着珍貴的首飾，……有罪的愛情，各種奇特的狂歡，/ 充滿了惡毒的親吻，/ 一群魔鬼也高高興興地消遣，在窗簾折褶裏浮動；……愛報復的男人，你生前多有情，/ 可是他呀仍不滿足，/ 現在這任人擺佈的屍體可曾 / 滿足他巨大的情欲？ ……你丈夫跑遍世界，你不朽的形 / 守護着睡熟了的他，/ 而他也將會像你一樣地忠誠 / 直到死也不會變化 [27]

詩人 / 漫遊者在上述引文（第七節）中描述了屍體的狀況，女子身首異處，這樣殘酷殺害一名女子與金錢無關，因為她頭上仍然戴着名貴的首飾。至於女子被殺的原因，漫遊者認為是與女子縱慾有關，所謂「有罪的愛情」清楚指出她的死是情殺。殺害她的人到底是誰，詩中並沒有說明白。據漫遊者帶有偵探頭腦的推斷，是「愛報復的男人」行兇的。到底誰是這個男人，詩的上文下理沒有交代清楚。然而，第十四節提到死者的丈夫，按邏輯推斷，死者有情人，愛報復的可能是做丈夫的，但亦可能是不滿死者沒有跟丈夫離婚的情人。丈夫在妻子死後跑遍全世界，可以解析為要逃避刑責，到處流浪；亦可以解作要離開傷心地。死者緊跟着丈夫，是不能放過殺害自己的兇手？還是被情人殺後終於明白丈夫對自己的深情？無論如何，在人群中發現罪惡是波特萊爾筆下漫遊者的特徵，至於破案與否，並不是他的責任。

27　同上，頁 324－325。

事實上，波特萊爾的漫遊者更多是在城市漫遊中發現城市中的小人物，並且「探訪」他們／她們的靈魂。這些人物包括乞丐、老頭子、老太婆、拾破爛者、醉漢、盲人等等。其中〈盲人〉這首對現代城市作出最嚴厲的控訴：

> 看看他們吧，我的靈魂；真恐怖！／他們像木頭人，略略有些滑稽；／可怕，像那些夢遊者一樣怪異；／陰鬱的眼球不知死盯在何處／他們的眼睛失去了神聖的火花，／彷彿凝視着遠方，永遠地抬向／天空；從未見過他們對着地上／夢幻般把那沉重的腦袋垂下。／他們是在無盡的黑暗中流徙，／這永恆的寂靜的兄弟。啊城市！／你在我們周圍大笑，狂叫，唱歌，／沉湎於逸樂直到殘忍的程度，看呀！我也步履艱難，卻更麻木，／我說：「這些盲人在天上找什麼？」[28]

這首詩的漫遊者在城市漫遊的過程中注意到有一群盲人。這些盲人雖然無法看到周遭的事物，但詩人從他們「注視」的方向，發現他們好像只會「凝視着遠方」及「天空」，對於周遭城市的環境並沒有興趣。另一點值得注意的地方是這首詩出現了三組代名詞，包括「他們」（盲人）、「我」（漫遊者）及你（城市）。其中最特別的是詩人用擬人化的手法來描述一座已陷入瘋狂的城市。城市生活糜爛，人們過度沉醉於逸樂。漫遊者（我）覺得生活艱難，但變得麻木。相比之下，盲人在紛亂中並沒有迷失，他們保持「寂靜」，而且有追求的方向，最後那句「在天上找什麼？」雖然沒有說得明白，但相信和「地上」「殘忍」、瘋狂的城市比較，很有可能是指天堂。換言之，詩人

---

28 同上，頁300。

認為城市生活令人異化，只有在天上才找到淨土。

現代城市另一個特徵是它的發展和生活步伐急速，往往會產生不同的問題。〈天鵝〉及〈給一位路過的女子〉是兩個很好的例子。〈天鵝〉是由兩首短詩組成，主要反映城市現代化給詩人帶來的「鄉愁」：

> 正當我穿越新卡魯塞爾廣場，/ 它突然豐富了我多產的回憶。/ 老巴黎不復存在（城市的模樣，/ 唉，比凡人的心變得還要迅疾）……/ 那裏曾經横臥着一個動物園；/ 一天早晨，天空明亮而又冰冷，/ 我看見勞動醒來了，垃圾成片，/ 靜靜的空中揚起了一股黑風，/ 我看見了一隻天鵝逃出樊籠，/ 有蹼的足摩擦着乾燥的街石，/ 不平的地上拖着雪白的羽絨，/ 把嘴伸向一條沒有水的小溪，/ 它在塵埃中焦躁地梳理翅膀，/ 心中懷念着故鄉那美麗的湖 [29]

巴黎的現代城市化改革（1853－1870）可以說是由奧斯曼（Eugène Haussmann, 1809－1891）一手促成的。這首詩描述的是波特萊爾（或他筆下的漫遊者）面對巴黎進行現代化改革時，對老巴黎的懷念。以上引文是第一首詩的第二、四、五及第六節的第一、二句。引文指出城市改革帶來的急速變化，帶來環境的改變，原本最熟悉不過的家園變得陌生。這首詩通過動物園被拆毀，描寫本來住在園裏的天鵝流落街頭。詩中提到天鵝懷念牠的故鄉——「美麗的湖」。這個湖可以是指動物園裏天鵝曾經住過的湖，但亦有可能是指天鵝流落到動物園前居住的湖泊。當然，這首詩不單寫天鵝懷鄉之情，同時亦道出

29　同上，頁 289－290 。

漫遊者失落故鄉的悲哀。[30]

〈給一位路過的女子〉這首詩最少包含了兩個現代城市化有關的主題：城市生活步伐急速和人口稠密帶給人們的震盪（shock）。[31] 詩中描述在巴黎繁忙的街頭，詩人筆下的漫遊者愛上了一位偶然遇上的女子：

> 喧鬧的街巷在我的周圍叫喊。/ 頎長苗條，一身喪服，莊重憂愁，/ 一個女人走過，她那奢華的手 / 提起又擺動衣衫的彩色花邊。/ 輕盈而高貴，一雙腿宛若雕刻。/ 我緊張如迷途的人，在她眼中，/ 那暗淡的、孕育着風暴的天空 / 啜飲迷人的溫情，銷魂的快樂。/ 電光一閃……復歸黑暗！——美人已去，/ 你的目光一瞥突然使我復活，/ 難道我從此只能會你於來世？/ 遠遠地走了！晚了！也許是永訣！/ 我不知你何往，你不知我何去，/ 啊我可能愛上你，啊你該知悉！[32]

這首詩通過漫遊者和他心儀的女子一瞬即逝的邂逅，反映了巴黎生活節奏的急速，每個人的步伐都匆忙。詩人愛上的那位女子看來並不顯得特別趕急，但混在人群中，也許在人們的遮掩及推動下，很快便消失得無影無蹤。本雅明認為這首詩描述的並不是一見鍾情的境

30 郭宏安對〈天鵝〉有不同的解讀，他認為「『天鵝』象徵着人，『樊籠』象徵着人所受到的困擾和束縛」。有關解讀見波特萊爾：《惡之花》，頁 9－10 。

31 有關這首詩的討論可以參考以下書籍：Walter Benjamin, "On Some Motifs in Baudelaire", *Illuminations*. Trans. Harry Zohn (London: Pimlico, 1999), pp. 162-166. 張美君、朱耀偉編著：《香港文學 @ 文化研究》，頁 285－296，及拙作 Au Chung-to, *Modernist Aesthetics in Taiwanese Poetry since the 1950s*(Leiden, Boston: Brill, 2008), pp. 10-11.

32 波特萊爾：《惡之花》，頁 301。

況，而是見最後（或唯一）一面時愛上對方的境況。[33] 漫遊者在短短一瞬間經歷了由戀上對方到「失去」對方的整個過程，感受到的震驚是可以想像的。值得注意的是由於城市生活無論生活步伐或資訊過剩的關係，連震驚也要延遲，或在事過境遷後才出現。另外，格勒塔在討論這首詩時曾指出，詩中「電光一閃」這個描述和科技上用來表現移動（movement）的主要特徵同出一轍。[34] 無論如何，波特萊爾的詩作或許可以找到日後科技發展的蛛絲馬跡，但整體來說他筆下的漫遊者仍然以在巴黎的街道上行走為主，並且對城市裏各種各樣的人充滿好奇。詩人對身處的城市及接觸到的人的真實性從來沒有半點懷疑。

如果把波特萊爾的漫遊者與梁秉鈞的做比較的話，我們會發現後者除了保留了波特萊爾筆下漫遊者的部分特色外，隨着時間過去，亦起了一定的變化。梁的漫遊者較多透過當年的「新」科技，例如攝影鏡頭，來看身邊的事物。在一定程度下，詩人對「真實」這回事開始有所動搖。簡單來說，梁秉鈞筆下的漫遊者是本章開首部分提到的現代主義（第二階段）及後現代主義（第三階段）兩種漫遊者的混合體。

三

梁秉鈞筆下漫遊者和波特萊爾的最基本分別是他們身處於不同的

33　Benjamin, *Illuminations*, p. 165.

34　Marit Grøtta, *Baudelaire's Media Aesthetics*, p. 96.

時空。波特萊爾的漫遊者身處十九世紀中期的巴黎，她除了是一個大都會之外，如果和二十世紀七十年代的香港做比較的話，更是宗主國的中心，而香港則是一座殖民城市。費瑟斯通認為殖民城市本身具有後現代城市那種混雜及碎片化的特徵，加上二十世紀七十年代的現代科技比起十九世紀中的發展更成熟，所以梁秉鈞筆下的漫遊者理所當然應該和波特萊爾的有很大分別。然而，值得注意的是梁筆下的漫遊者也有流露出和波特萊爾的漫遊者相類似的情緒，對城市的急速變化並不習慣，這點和詩人的童年生活有關。梁秉鈞小學五年級以前一直在鄉郊（當年的香港仔黃竹坑鄉村）生活，後來搬到北角去，這種由鄉村的生活模式轉到城市去的經歷，[35] 和波特萊爾經歷老巴黎的變化大概有接近的地方。這點有助我們理解為什麼梁筆下的漫遊者會混合了兩個不同階段漫遊者的特徵。

梁秉鈞的漫遊者和波特萊爾的有一個共通點，就是他們都享受在街上閒蕩的樂趣。在梁的一些詩中，我們可以看到漫遊者仍然找到一些街道供他漫遊或作息。〈中午在鰂魚涌〉是一個很好的例子。詩中的漫遊者告訴我們工作讓他感到很累，他想到外面去閒逛：

> 有時工作使我疲倦／中午便到外面的路上走走／我看見生果檔上鮮紅色的櫻桃／嗅到煙草公司的煙草味／門前工人們穿着藍色上衣／一群人圍在食檔旁／一個孩子用鹹水草綁着一隻蟹／帶它上街／我看見人們在趕路／在殯儀館對面／花檔的人在剪花……／人們在卸貨／推一輛重車沿着軌道走／把木箱和紙盒／緩緩推到目的地／有

35 也斯：《城與文學》，頁 245 。

> 時我在拱門停下來／以為聽見有人喚我／有時抬頭看一幢灰黃的建築物／有時那是天空[36]

這首詩由五段組成。上文引用的只是其中一部分，但已足夠說明梁秉鈞筆下那位漫遊者的某些特徵與波特萊爾的有明顯分別。梁的漫遊者雖然喜歡在街上閒逛，但他並沒有「探訪」那些在人群中凸顯出來的人的靈魂。例如詩中提到的「孩子」、「花檔的人」及卸貨的「人們」等，梁秉鈞好像對他們在想什麼並沒有興趣。詩中用得最多是「有時」這個詞，這個詞令人感到一種淡漠，完全是一個旁觀者的身份。就算他看到孩子帶着一隻蟹在街上走，他亦沒有帶出明顯的情感。雖然詩中沒有說明孩子如何帶着那隻蟹，但梁秉鈞把小孩在人群中凸顯了出來，直接與趕路的人群做比較。這個片段十分有趣，令人聯想到波特萊爾筆下的漫遊者。波特萊爾那個年代的漫遊者有帶着烏龜上街的，他們借着烏龜的步速令自己生活的步伐減慢下來。值得注意的是，梁秉鈞這首詩彷彿描述了兩位不同年代的漫遊者。如果說小孩令人想起波特萊爾筆下的漫遊者的話，那麼詩人（或詩中的「我」）則展現了另一種與波特萊爾的相似又不完全相同的漫遊者。

〈交易廣場的夸父〉是另一個很好的例子，說明梁秉鈞筆下的漫遊者是波特萊爾的漫遊者的一種變奏：

> 我想我們都仍然喜歡那樣的故事／站在電梯上我看見前面一個女子／奔跑趕上快將開行的地下車／我知道我倒下也不會發出轟然的雷

36　黃淑嫻、吳煦斌編：《回看　也斯（1949－2013）》，頁29。

> 響／我可以把大家衣服上的油漬／變成桃葉上的雨滴嗎？／偶然相見，說一個神話，吃一頓午飯吧／人是用想像和泥土做成的／在這個城市裏，你拖着河流奔向林莽／跑過遍地粗礪的石礫／肌膚起繭，逐漸遠離了／（車輛匆忙地開走了）……／你想把向日葵帶給高樓間行走的人／但累積的擔子使步伐沉重，我們走過天橋／仍想去看天空和遠山，看交易廣場那兒／一頭金屬螃蟹撐起巨大的臂膀／彷佛焦喝的時候可以一口喝盡大海／像樹木頑強抵抗世界的灰塵／成為林蔭，遮庇另一些疲倦的人／我們走在鬧市的邊緣，我想我看見／走累了的人倒下，晃動頭髮上的河流／給眼前的世界遍灑新的露水[37]

這首詩開首兩句讓讀者聯想到波特萊爾的〈給一位路過的女子〉這首詩。梁秉鈞知道我們仍然喜歡讀到一見鍾情的故事，同樣在繁忙的都市裏（香港），漫遊者遇上一位女子，但這名女子與波特萊爾筆下那位並不一樣。後者是那麼莊重，與身邊趕路的人群看來格格不入。梁筆下的女子與她身邊的人群無異，都想在地下車關門前衝進車廂裏。詩人對這名女子的描述沒有帶上任何主觀的情感，當然更談不上什麼一見鍾情，或者對瞬間的「愛戀」及「失戀」而感到震驚等。然而，在否定了波特萊爾那位漫遊者的特徵後，梁在這首詩裏進一步透露他的漫遊者的特徵。

詩中出現了三個代名詞——「我」、「你」及「我們」——這裏的「我」明顯是指梁的漫遊者，只是「我知道我倒下也不會發出轟然的雷響／我可以把大家衣服上的油漬／變成桃葉上的雨滴嗎？」這三句

---

37 同上，頁 30 。

詩讓讀者懷疑「我」和「你」的關係來。「你」是指神話人物夸父，他為了驅逐猛烈的太陽，不讓它暴虐人民，最後口渴及倦極而死。倒下來後，他的頭髮變成河流，手杖變成桃林，以供疲倦的人休息。[38]「偶然相見」一句應該是指漫遊者和夸父會面，吃一頓午餐，談談神話。這個情景讓讀者想起梁秉鈞寫於 1974 年的小說〈工廠區的水神〉。故事大意是指敘事者趁中午放午飯時去買了一本關於中國神話（《中國的水神》）的書，一邊吃飯、一邊看書。[39] 如果按照這種思路解讀〈交易廣場的夸父〉的話，夸父可以是指漫遊者想像出來的神話人物，亦即是漫遊者心中所想。至於「我們」就是指漫遊者和他心中的夸父，他們相信在「鬧市」、在充滿灰塵的世界仍然會碰到有人願意為這個世界犧牲自己，就像夸父一樣倒下來後，仍然繼續為人們作出貢獻（提供水源和遮蔭）。換言之，梁秉鈞的漫遊者對城市境況並不是完全淡漠，仍然對人抱有希望。

梁秉鈞的漫遊者身處七十年代（或以後）的香港，當時的科技比起十九世紀中的巴黎一日千里。如果說波特萊爾的詩只是隱約看出現代科技的蛛絲馬跡的話，梁的詩則較清晰道出現代科技如何影響漫遊者觀看事物，或對事物的看法。例如〈影城〉這首詩是描寫詩人和他的朋友到電影的拍攝場地——影城——參觀。影城應該是搭建出來作拍戲用途的；然而，在弄虛作假的建築群中總有些真實的東西，如此這般在真真假假的情況下，詩人的友人開始有點分不出事物的真偽：

38　同上。
39　也斯：《布拉格的明信片》（香港：青文書屋，2000），頁 158－160 。

> 當閘前的警衛／繼續絮絮盤問／撥電話查詢／並且任我們站在那裏等候／你指着上面的建築問：/「那是真的／那不是佈景吧？」/ 堂皇的建築剝落／叫人相信它的灰塵／直至我們繞到背後／才見那支撐的竹架，才見那／空虛的底裏……／在一堂華麗的佈景旁／當你讚嘆／我指給你看缸中的楓樹／並叫你撫摩那些紅葉／膠質的生命／你說那裏的笑聲盈堂／顯示人群的歡樂？ ……／倘若你訝異也有小橋流水／那我就指給你看／水泓四面圍攏的土地／並沒有船家和游魚……／我們走過這些屋宇／站在一盆蒙滿灰塵的大紅花旁／讓你開始懷疑：/「這是真的／抑或只是一些道具？」[40]

這首詩並沒有帶出透過電影鏡頭如何影響我們分辨事物的虛實，但單從為拍攝電影而搭建的「影城」來看，已足以令參觀者對真假感到混亂。值得注意的是這首詩的漫遊是在一個虛構的城市中進行的，詩中的漫遊者十分清晰，知道影城的東西都是假的，還不斷提醒身邊的朋友不要相信眼睛看到的東西是真實的。他的朋友由始至終一直都處於半信半疑的狀態。簡言之，這首詩借描述影城清楚反映了後現代城市真假難分的特徵。

相對來說，〈鴨寮街〉這首詩對真實的後現代城市的特徵有更直接及清晰的描述。例如漫遊者表明帶着照相機及攝影師一起去逛鴨寮街，這首詩除了包含真實的消失這個問題外，還帶出了城市資訊過剩這個議題：

---

40 梁秉鈞：《梁秉鈞卷》（香港：三聯書店，1989），頁 49－50。

一

我們要拍攝心中的一幅圖畫／左轉右折結果卻來到這裏／你在這裏可以買到任何配件／隨意組合東方之珠的影像／你說什麼我透過鏡頭金屬的眼睛／看見你的承軸兩端扭鬆了／你礦床的嘴巴裏有許多廢棄的齒輪／你耳朵內側有鬧鐘鳴響嗎我的腸胃／是錄音的磁帶我們被人在這裏拋售／已有許久了會有人來扭開我們／調整天線重新令我們的畫面清晰？

二

城市過剩的影像如垃圾棄置……要那麼多東西嗎其實我並不需要／攝影師左顧右盼攝影機飽餐風景／都說島上處處是買賣的生意……／我沿街尋找卻總無法找到公平的交易……

三

沿街拍攝不免墮入羊毛和呢絨的塵網／這裏昔日原是布料總匯商店繽紛披展／綾羅綢緞當你穿上不同戲服你就可以／扮演不同角色盡訴心中衷情……[41]

這首詩由三首小詩組成。這裏較完整引述的是第一首，另外兩首是節錄。第一首詩最值得注意的地方是梁秉鈞開宗明義點出漫遊者是「透過鏡頭金屬的眼睛」來看東西的。詩中的「你」並不是指攝影師。第一個「你」似乎是指讀者，餘下的「你」則是指向各式各樣的二手

41　梁秉鈞：《半途——梁秉鈞詩選》（香港：香港作家出版社，1995），頁293－294。

電子產品例如電視。漫遊者彷彿暗示透過攝影鏡頭，他被物化了，以致可以與物對話。

第二首詩帶出了另一個重要的信息，由於城市物質過度豐富，有太多景象及東西可以攝入鏡頭，這種情況造成「過剩」的影像。所謂「過剩」這個話題，其實在波特萊爾的年代已出現，只是年代不同，相信影響程度亦不一樣。西默爾（Georg Simmel）、波特萊爾及本雅明等都認為城市發展的速度及生活步伐很快，令人有吃不消的感覺，結果人在過度刺激的情況下漸漸培養出一種漠不關心的態度來。[42] 西默爾等的解說有助我們理解為什麼梁秉鈞筆下的漫遊者帶有一種淡漠的態度。當然這是表面的態度，我們從上面〈交易廣場的夸父〉的分析裏已清楚看到，漫遊者的內心還是充滿希望的。此外，梁秉鈞筆下的漫遊者看來對商品及商業活動並沒有興趣，他更多是表示不滿商品交易的不公平。這點明顯不同於本雅明對漫遊者的看法。組詩中的第三首從另一個角度帶出城市的真假問題。在漫遊者的鏡頭下，他拍攝到很多不同種類的布料，令他聯想到人們只消穿上不同的服飾便可以扮演不同的人，換言之，這裏是針對城市人的「假」及虛偽，對現代城市變得不真實的原因作進一步的補充。

根據上述的分析，梁秉鈞的漫遊者在不同的詩作中呈現出不同的特徵，他在〈大角嘴填海區〉這首詩中就身處一個後現代的城市，把自己的取態清晰道出：

---

42 有關「過度刺激」的話題可參考張美君、朱耀偉編著的《香港文學＠文化研究》，頁285－296。

> 不，我並不僅想嘲笑泛濫的影像／說一切都是濫調，以致我們感到無力／去按下快門。我也不相信落霞／與孤鶩、清晨荷葉上的露珠／但我也不想說一切都是模稜兩可／什麼都可以，什麼都無所謂／以致你走前去或退回來都沒有分別／……我也知道我們會輕易變得／像那些每天來對着海洋做晨運的／老婦人……／某天我們走近那些摩天樓之間／狹隘的通道，各式外牆上／違章建築把內外的邊界模糊了／橫街上公眾和私人的空間交纏／難分。但我也不想說一切／只有破碎，這兒一切只可以是／矛盾和嘲諷的景象，說所有事物／變化得這麼快所以我們並沒有／歷史。不，我並不完全想接受／這些時髦的看法……我等着看／你等待什麼光線？一群跑過的孩子／一個更好的角度？我等着／你按下快門[43]

大角嘴和香港其他街道例如鴨寮街一樣都是經歷巨大的變化。由變化生出多種多樣的形象令到形象同樣氾濫。然而，漫遊者沒有把這種後現代特徵視為負面的事情。同樣地，梁秉鈞亦不認為古典詩歌中常用的意象例如落霞與孤鶩會比後現代的那些較好。漫遊者在這首詩中較明顯對變化表達了他的看法。他明白我們無法阻止或者改變城市的建設，但他並沒有如現代主義者般悲嘆舊城市的消失。同樣地，漫遊者亦沒有如後現代主義者般擁抱變化及認為一切變得碎片化，他傾向相信未來有希望。詩中的孩子代表希望。漫遊者在後現代裏仍然存有希望。雖然我們處身一個影像氾濫的時代，但梁的漫遊者並不害怕再多加一個影像，他毫不猶豫按下快門。漫遊者（或詩人）相信自己有能力在眾多虛構的、不真實的影像裏找到真實的出來。

43　黃淑嫻、吳煦斌編：《回看　也斯（1949－2013）》，頁 43 。

四

從上述的討論中，我們可以看到梁秉鈞的漫遊者和波特萊爾的漫遊者的特徵有明顯相似的地方，但基於他們身處的時空有別，香港的現代化城市建設起步比巴黎遲，加上是殖民城市的關係，香港由此而生發出來的現代性夾雜了後現代色彩。波特萊爾的漫遊者喜歡在街道閒蕩的其中一個主要原因是可以「探訪」人群的靈魂，甚至是偵察罪行。梁秉鈞的漫遊者同樣喜歡在街道遊走，他甚至不介意在明顯做假的「影城」中漫遊。梁的漫遊者較多採取抽離的態度在街上漫遊，他並沒有「探訪」人群的靈魂或偵察罪行的興趣。值得注意的是，在某些詩中梁的漫遊者透過照相機的鏡頭來觀察城市。照相機的鏡頭讓人聯想到較客觀、中立，甚至是淡漠，一般不會想像到探訪靈魂的事，亦從沒有扮演偵探的角色。

身處後現代的城市，城市急速變化，日新月異的科技令漫遊者眼中的景象常常都有一種真假難辨的感覺，懷疑看到的景物並不是真實的。然而，梁秉鈞筆下的漫遊者在淡漠的外表下，仍然堅持對人及未來懷有希望。這點特徵明顯與波特萊爾的漫遊者不同，它亦肯定了進入後現代社會，漫遊者還可以繼續漫遊下去，只是漫遊者的特徵已有很大分別了。

……之間

第六章　家居與旅行

〈異鄉〉與〈家事〉裏的「家」

家居和旅行表面看來是兩個相對的概念，至少前者讓人聯想到安定；後者則指變動不居。然而，梁秉鈞對這兩組概念有不同看法，如果把兩者並列在一起，中間相隔一段距離的話，我們可以看到兩者之間生發出一種共同（以朱利安的用語）的空間，超越了家屋或行旅中那種空間的特定概念。朱利安提出的間距理論，有助我們重新審視過去對家居和旅行這兩個觀念那些隱而不顯或所謂「皺摺」的位置，發現新的詮釋空間。有趣的是，當我們把家居和旅行這兩個詞彙或概念有意識地並置在一起，中間分隔一段距離時，我們對這兩個詞彙會有更深層的理解。這一章的討論分成三部分。首先會討論旅行這個概念的複雜性，然後再探討家居這個觀念的不穩定性，最後再以梁秉鈞的游詩及有關家居的詩歌為例，說明詩人在這兩個觀念之間孕育出另一種可能。

一

旅行到底是什麼一回事呢？似乎並不是容易解答的問題，因為旅行的定義隨着我們生活速度的改變亦有所變化。厄里（John Urry）在探討旅人外遊所用的目光時提到旅遊形式經歷了很多變化，為了方便討論，他整理了一套觀光旅遊（tourism）的「必備特性」（minimal characteristics）以便日後分析。[1] 由於厄里的談論焦點只限於觀光客而忽略了其他形式的旅行，所以我嘗試從他的「必備特性」中找出旅行最基本的元素來：那便是旅行者、旅程和地方。而旅行的基本定義為：旅行者由出發地點移動到目的地，再由目的地回歸到出發地點。就算把旅行簡化到旅行者、地方及旅程三個元素，內裏所牽涉到的問題仍然不少。旅程的變數最大是顯然易見的。旅行者和地方看來相對穩定。然而，旅行者隨着流放及旅行方式的轉變而變得身份多樣化。流放者跟歸來者、旅行者、觀光客便有明顯的分別。只是地方變得不穩定亦實在不容忽視。[2] 有關地方的問題又可以細分為旅人的目的地跟旅人的家鄉所在地兩種。地方變得不穩定的原因十分複雜。簡單來說，一方面旅行的速度和距離直接影響旅行者對目的地的看法。較為極端的情況是旅行者借助現代交通工具用最短的時間到達遠方的目的地；然而他們在心理上還是離家不遠。另一方面，家鄉隨着現代化、城市化甚至是全球化等變得面目全非。處身在不斷變化的地貌當中，就算是家鄉也會令人產生陌生的感覺。

在地方已變得不穩定的年代裏，旅行會變成怎麼樣呢？梁秉鈞是少數透過詩作反覆探討這個問題的詩人。他在作品中除了點出了一些

1　約翰．厄里著，葉浩譯：《觀光客的凝視》（台北：書林出版有限公司，2007），頁21－23。

2　有關旅行者定義的不穩定性可參考拙作〈另一種旅人：試論歸來者的身份〉，載張雙慶、危令敦編：《情思滿江山　天地入沈吟：第一屆世界華文旅遊文學國際學術研討會文集》（香港：明報出版社有限公司，2008），頁169－182。這篇文章的討論是〈另一種旅人〉的延續。〈另一種旅人〉主要討論旅行者的話題；本章將討論旅行三個基本元素的另外兩個：地方和旅程。

令地方變得不穩定的原因外，亦提出了因地方變化而產生的另類旅程。詩人無論在描述外地或香港的作品中都反映出一種逆向的旅遊方式。簡單來說，梁秉鈞身在香港時，往往因為地方變得「無地方性」（placelessness）而有旅行的感覺。[3] 相反，當人在外地時，詩人卻感到跟家鄉很接近。這一章希望通過分析梁秉鈞的詩作，探討那些構成地方變得不穩定的主要原因及逆向之旅的具體內容。文章的重點會放在以下兩個問題的討論：旅行速度和距離的變化如何構成地方變得不穩定？梁秉鈞外遊時怎樣以逆向的旅遊方式來回應地方的變化？

過去旅行者由自己的家鄉出發去到一處陌生的地方，當然感覺到變化。這正正是旅行的原因和旅行的樂趣。這種變化是預計之內的，是由旅程本身引發出來的變化，旅行者的家鄉及目的地是相對穩定的。這種一直認為地方是穩定的想法自二十世紀初或更早時開始發生變化。這裏至少可以分開兩方面來說。一方面是地方本身真實的變化；另一方面是由距離造成的感覺變化。[4] 先說構成地方變得不穩定的第一種原因。現代化、城市化及殖民地化令旅行者不用長途跋涉，安在家中便可以得到「旅行的樂趣」，亦即是對自己的家鄉感到新鮮、陌生。瑞爾夫（Edward Relph）於七十年代指出地方變成「無地方性」，這個概念動搖了地方的穩定性。[5]「無地方性」這個現象是一個現代性的問題，亦是二十世紀文學所關注的重要課題。路特偉（Leon-

---

3 有關「無地方性」的內容會在下一部分再作探討。

4 Barry Curtis and Claire Pajaczkowska, "Getting there: travel, time and narrative." In George Robertson et al., eds., *Travellers' Tales: Narratives of Home and Displacement* (London: Routledge, 1998), p. 200.

5 Edward Relph, *Place and Placelessness*(London: Pion Limited, 1976).

ard Lutwack）注意到工業化、戰爭、交通及通訊系統的建立損壞了地方（place）的要素。[6]所謂地方的要素是指那些我們出生、成長及居住或任何一處我們擁有難忘經驗的地方，而我們都有意識地對這些地方有一種深深的聯繫。然而，當一處地方或場地的要素消失，這個地方便變成「無地方性」。[7]瑞爾夫詳細說明了當地方變成「無地方性」時的情形：

> 無地方性是指身處的環境缺乏重要的場地……這裏涉及場地最深層的問題，包括斷根、失去了象徵意義等。結果以單一性取代多元性；用概念取代經驗。當這個情形發展至極端的狀態時會令人對家產生一種疏離感，有一種陌生和異化的感覺[8]

現代都市急速發展是構成「無地方性」的一個主要因素。在發展的大前提下，人們熟悉的建築物、街道都一一被破壞。這些舊有的建築除了有人們的回憶外，亦可能對那處地方或那裏的人有象徵意義。舊建築物帶有不同歷史時期的印記，留有人類的經驗和智慧。然而這一切在現代裏都不被重視，往往由單一的、冰冷的現代玻璃幕牆取代。身處這樣的空間當然會有一種陌生的感覺。

至於第二種構成地方不穩定的原因跟距離有很大的關係，亦較為複雜。二十一世紀初，鮑曼（Zygmunt Bauman）結合了網絡發展及

6　Leonard Lutwack, *The Role of Place in Literature*(New York: Syracuse University Press, 1984), p.183.

7　Edward Relph, *Place and Placelessness*, p. 43.

8　Ibid., p. 143.

全球化的境況，就地方變得不穩定的原因提供了一個詮釋的新角度。他提出了速度改變了我們對距離和地方的感覺。鮑曼認為隨着社會的轉變，自後期現代（late modern）開始到後現代（postmodern）我們都在「移動」。即使我們不是物理上作「移動」，亦可以透過高速的網絡世界而足不出戶遨遊天下。[9]鮑曼的看法（至少表面看來）好像跟卡爾維諾（Italo Calvino）在《看不見的城市》中提到的完全相反。卡爾維諾認為雖然旅行時我們走了很遠的路，但心理上卻可能跟留在家裏一樣。「移動」令地方由穩定變成不穩定。這裏主要跟「移動」的速度有關。一般認為，速度快慢只直接影響了旅行的時間，但實際上卻令我們改變了距離遠近的感覺，而遠近感覺又間接影響我們對地方的看法。

有關「移動」跟速度、距離和時間的關係，如果用物理學上一道簡單、經典的公式——速度 = 距離 / 時間（v=d/t）——來說明的話，便會更清楚看到距離的遠近並不如我們過去所認為的是客觀的事實。試想像實際距離是 100 公里，速度是每小時 10 公里的話，要花 10 小時行走。同樣的距離，如速度加快，時速 50 公里，只要 2 小時。但當時速達到 1,000 公里時，花 0.1 小時便可以到達目的地。當然無論速度怎樣變化，這道公式中的距離始終是 100 公里。試問分別用 10 小時、2 小時及 0.1 小時到達的地方，就算是同一處地方，難道旅行者在心理上都會覺得沒有分別嗎？至少會感到跟自己的遠近距離有所不同。由此可見公式無法反映的是一種心理的距離。

9　鮑曼著，張君玫譯：《全球化——對人類的深遠影響》（台北：群學出版有限公司，2001 年），頁 2、95-96。

鮑曼指出一直以來我們對距離的看法都直接跟情感有關。後期現代由「移動」速度加快所帶來的改變，直接打亂了我們長期以來對遠近的認知。過去我們認為遠方等同陌生；近處等同熟悉的必然關係已變成歷史：

> 「近處」乃是一個人可以覺得自在（chez soi）的空間；在這樣的空間裏，一個人很少會覺得不知所措，總是知道要說什麼，能做什麼。反之，「遠方」是一個人很少或從未進入的空間，會有你無法預期或理解的事情，會有讓你不知所措的事情：在這樣的空間裏，充滿了許多你不懂不明瞭的事物，你並不期待，也有點事不關己。身處「遠方」的空間，是一種恐慌的不自在經驗；前進「遠方」，表示進入一個未知的領域，進到一個你覺得很不自然的所在，可以說是自找麻煩，而且害怕受傷害。由於上述種種特性，「遠／近」的對立還包含了一個更重要的面向：亦即確定（certainty）與不確定（uncertainty）的對立，以及自信（self-assurance）與遲疑（hesitation）之間的對立。[10]

鮑曼在這裏其實只概括了其中一種我們對遠近界定的看法。這跟鮑曼討論的焦點並不在於距離有很大關係，他甚至指出距離已不再重要。[11] 然而，上述引文帶出距離跟我們感覺之間的多組二元對立關係（這裏、那裏、陌生、熟悉等），對接下來討論梁秉鈞通過這裏和那裏的比較來確立自己的家有很大幫助。正如結構主義理論提出的事物往往都是從比較彼此之間的差異而把自身確立下來的。事實上，有關對距離的感覺的討論確實有進一步探討的價值。以上面提到的距離為

10　同上，頁 16。
11　同上，頁 14。

例，用 10 小時、2 小時及 0.1 小時到達的地方，雖然是同一處地方，由於遠近的感覺不同，所以旅行者對以「三種不同速度」到達的同一空間定會產生三種不同的感覺。當然這些不同的感覺都是遊走於自在、確定跟不自然和不確定兩組座標之間。這裏還沒有把鮑曼提到的最極端的網絡世界的速度放進去，那種接近瞬間和同步的「旅行」方式所需要的時間接近或等於 0。當到了時間等如 0 這樣極端的時候，速度、距離都自然消失了，那時「移動」跟靜止的分別又在哪裏呢？當然這只是一個極端的例子，現代科技大概只有網絡世界才可以做到。然而這個例子卻巧合地跟卡爾維諾對旅行的看法十分相近。

卡爾維諾在《看不見的城市》中曾經透過小說人物忽必烈問馬可波羅——旅行到底是什麼一回事呢？忽必烈質疑馬可波羅的身體雖然不斷向前行，但他在旅途中卻不斷回望故鄉，因為馬可波羅在講述他的旅行經歷時，對那些地方描述得並不詳盡，彷彿沒有到過一樣，反而像一直坐在威尼斯自家門前訴說心事。忽必烈認為馬可波羅的旅行實際上是將過去重活一遍。[12] 換言之，旅行就像不斷往回頭走，逆向而行，而且地理上跟家鄉的距離愈遠，反而在心理上和家鄉的距離愈近。遠近、裏外和陌生、熟悉等二元對立的關係在卡爾維諾筆下徹底被顛覆。鮑曼談的那種是由於網絡移動速度太快，實實在在的不用離開家園便可以進行的虛擬旅行。卡爾維諾提到的是由於旅行時受外界景物刺激的關係而令旅行者隨着離家愈遠反而心理上更接近家園。值得注意的是卡爾維諾談的並不是鄉愁，而是一個透過旅行認識自己家

12 Italo Calvino, *Invisible Cities*. Trans. William Weaver (London: Vintage, 1997), pp. 27-29.

鄉的過程。兩者最大的分別是鄉愁的感性成分較重；對家鄉的認知過程則較着重知性。卡爾維諾對旅行的看法與朱利安的間距理論不謀而合，後者從研究的角度出發，同樣認為透過認識一個與西方文化完全不同的文化——中國文化——會有助他理解西方文化。朱利安把學習中國文化的過程比作一段旅程，雖然他好像離開西方文化愈來愈遠，但認知上他和自己文化的家鄉則更接近，認識更深。

二

家居或者家屋一般讓人聯想到安定、安全和「令人有在家的感覺」。然而，弗洛伊德在〈怪異理論〉（The Uncanny）中，從字義的變化詳細說明了家這個詞的詞義的歷時性變化。弗洛伊德指出家這個詞與「令人有在家的感覺」（Homely/Heimlich）及「怪異」（Unhomely/Unheimlich）兩者千絲萬縷的關係。他追溯「令人有在家的感覺」的定義至 1860 年出版的丹尼爾・桑德爾斯（Daniel Sanders）《德語詞典》及 1877 年出版的《格林詞典》（*Grimm's Dictionary*）。弗洛伊德認為「令人有在家的感覺」是一組模糊的詞。一方面它指那些熟悉及令人愉快的東西；另一方面它指那些隱匿起來不被人看到的事物。「令人有在家的感覺」這組詞從一開始便跟「怪異」有關。弗洛伊德引用謝林（Schelling）的意見進一步解說「令人有在家的感覺」及「怪異」（沒有在家的感覺）兩者的關係。根據謝林的解釋，「怪異」是指一切應該被隱藏及維持在秘密狀態但卻曝了光的東西。弗洛伊德對謝林的詮釋做了進一步的說明。他認為「怪異」並不是指一些新的或陌生的東西，而是一些早已存在心裏，但經過一連串壓抑最後變得陌生化的事物。這些「怪異」的東西本應維持隱匿的狀態但卻曝了光。[13] 雖然弗洛伊德成功地引用壓抑理論來說明東西怎樣被隱藏，但他並沒有闡述謝林這樣給「怪異」下定義的原因。

韋特拉（Vidler）對「怪異」的起源作了進一步的探討，並且斷言「怪異」的起源是跟宗教、哲學及詩的起源有關。韋特拉認同謝林的意見並宣稱荷馬式的崇高是建基於對「怪異」的壓抑。[14] 正如謝林指出希臘產生出一個荷馬的原因是古代希臘被一股「怪異」力量操控着，而這種力量其實是源自一種原始的恐懼。[15] 荷馬式的崇高是由「怪異」自然發展出來的。結果，黑暗及隱藏的力量被崇高壓抑下來，被貶成為一些不可思議的事情。[16] 事實上，若要清楚了解謝林對怪異起源的解釋，我們必須知道博克（Burke）有關崇高的意念。在他的美學著作《論崇高與美兩種觀念的根源》（*A Philosophical Enquiry into the Origin of Our Ideas of the Sublime and Beautiful*）中，博克清楚指出恐懼是崇高的根源：任何一切可以構成痛楚及危險的意念，換

---

13 Sigmund Freud, "The Uncanny", *The Standard Edition of the Complete Psychological Works of Sigmund Freud*. Trans. James Strachey et al. vol. XVII (London: The Hogarth Press, 1964), pp. 224-225.

14 Anthony Vidler, *The Architectural Uncanny: Essays in the Modern Unhomely*(Cambridge, Mass.: MIT Press, 1992), p. 26.

15 弗洛伊德在〈怪異理論〉這篇文章中指出「怪異」觸及殘留在我們身上的那些泛靈信仰的精神活動（p. 241）。他進一步說明「怪異」跟這種原始信仰的關係：讓我們把怪異跟那些全能的思想聯繫起來，例如可以即時達成願望、有引起傷害的秘密能力、想像令死者死而復生等。以上種種的情況正確無誤地引發起怪異的感覺來。我們或者應該說我們原始的祖先曾經相信這些可能性是現實的種種，並且相信它們實際上亦會發生。今天我們不再相信這些想法，我們克服了這些思想的模式，但我們對於新的信仰並不肯定，而這些舊的思想仍然存在我們內心深處時常等候着得到肯定。只要我們生活上一些事情確實發生了而且跟那些舊的、被遺棄的信仰相脗合，怪異的感覺隨即產生（pp. 247-248）。

16 Vidler, *The Architectural Uncanny*, p. 27.

言之那些可怕或跟可怕相關的事情都是崇高的源頭。[17] 這樣說來，假如沒有恐怖的話，崇高便變得不可能。同樣道理，若失去了可以隱藏或埋藏秘密的隱蔽空間，溫暖的家亦變得沒有可能，因為那些應該維持隱匿狀態的東西被曝了光的話，家便變成「怪異」。這種恐懼在啟蒙時期以前，基本上是不存在的。那時無論宗教的力量或是建築的理念都克制着原始的恐懼，令它們不會曝光。啟蒙時期倡導科學、光明等理念嚴重打擊宗教，令那些長期被隱藏起來的東西有被暴露的危機。然而啟蒙時期的建築技術始終未能追上思想的發展，建築師沒有合適的技術及物料去建設光明或透明的空間。這種局限可以從啟蒙時期的建築師博理（Etienne-Louis Boullee）那裏得到證實。當十八世紀的建築大師都選擇回歸古典時，博理透過繪畫實現了興建光明空間的理想。值得注意的是博理大部分具幻想力的建築物都只能在紙上出現，他那些最後得以建成的都屬於一般的作品。當時的建築技術只讓博理建造出黑暗而沒有光明的空間。我們可以用博理那幅〈牛頓紀念碑〉的圖為例。圖中那些厚牆只能製造黑暗空間，至於光明只能靠碑內那個掛在中間的火球做成。興建一座光明及透明空間這個夢想直到十九世紀才得以實現。一八五一年帕思頓（Joseph Paxton）用鐵枝及玻璃在倫敦海頓公園（Hyde Park）建了一座水晶皇宮。這座貌似溫室的展覽館是現代主義透明風格的先驅。及至經改良的混凝土出現，透明空間才正式誕生，柯比意（Le Corbusier）才可以建造充滿光及空氣的房子，但正如上文已提到這種透明的空間會令本來已隱藏好的黑暗不得不暴露出來。換言之，家的本質失去了平衡。當這種理念具體地

17　Edmund Burke, *A Philosophical Enquiry into the Origin of our Ideas of the Sublime and Beautiful* (Oxford, New York: Oxford University Press, 1990), p. 36.

引入到建築方面，並在現代主義時期得到落實時，「怪異」房子便由此產生。

如此說來，家居並不是理所當然的讓人感到安全及安定，這些感覺和人在旅途中所感受到的十分類似。換言之，家居及旅行兩個看似相對的概念之間有出奇相似的共通點。梁秉鈞對距離的看法跟卡爾維諾有相同之處，亦有不同的地方。他們同樣認為：地理上離家愈遠，心理上卻跟家最接近。然而，詩人跟卡爾維諾不同的地方是他就是身在香港亦有出現類似旅行中的不安定的感覺。梁秉鈞透過他的詩作把朱利安的間距理論作了清楚的說明。接下來的部分將分別以和旅遊及家居有關的詩闡述間距在兩者之間打開了一個怎樣的空間。

三

（一）旅行

「移動」是梁秉鈞作品中最常見的主題。它經常透過種種不同的話題顯現出來，例如旅行、不同藝術媒體的相互滲透、翻譯等等。當然旅行是最具體的反映。梁秉鈞對於旅行曾作這樣的反思：「在異地接觸的種種新人事新藝術，真奇怪，反而有助我們回頭看自己的家鄉自己的問題。好像總是通過接觸別人令我們更認識自己，通過接觸別人的文化令我們更認識自己的文化。」[18] 梁秉鈞的看法出奇地跟卡爾維

18　梁秉鈞：《半途——梁秉鈞詩選》（香港：香港作家出版社，1995），頁 282。

諾筆下的馬可波羅十分相像。馬可波羅回答忽必烈旅行是什麼一回事時便指出他鄉是一面負面的鏡子，旅人通過旅途認出哪些東西是自己的，哪些是自己從來也沒有擁有的。[19] 如此說來，梁秉鈞的旅行亦是回溯過去，是一種逆向之旅，一種認識自己家鄉的過程。

上面引述梁秉鈞那段對旅行的看法是收錄在一系列題為〈異鄉〉的詩後面。這些作品是詩人九十年代初出外旅行時寫的，大部分都是有關歐美。這些詩表面看來都是對當地景物的客觀描寫，看不到二元對立的痕跡。這種特徵實際上亦吻合梁秉鈞旅遊詩的表現模式，他稱之為「發現的詩學」。所謂「發現的詩學」是指「不強調把內心意識籠罩在萬物上，而是走入萬物，觀看感受所遇的一切，發現它們的道理」。[20] 只是仔細讀起來，這些詩（最少九首裏面有七首）還是隱藏了裏跟外或家鄉跟國外這組二元對立，不經意地流露了詩人的內心意識，那便是對家的渴求。[21]〈大地上的居所〉是其中一個例子：

> 在大地上尋找居所／可以生活和工作的家／人們來到圍牆旁邊／停下來，向遠方眺望／不僅是可以托庇的樹蔭／還望有隨意舒展的天空／……受了傷的會得到裁決／心會找到安頓的所在／地下室裏的

19　Italo Calvino, *Invisible Cities*, p. 29.

20　梁秉鈞：《半途——梁秉鈞詩選》，頁 143。

21　到底梁秉鈞是無意識的流露對家的渴求還是有意識的反映，實在難以說清。詩人在《游離的詩》（香港：牛津大學出版社，1995）的〈附錄：無家的詩與攝影〉中談到歐遊前後已計劃出版一本名為《家》的書，但內容似乎是回港後才定下來。其中，梁秉鈞提到這個決定跟歐遊時曾參觀很多名人故居不無關係。只是為什麼是故居呢？關於其參觀名人的家到底是有意識還是無意識，實在無法清楚定義。無論如何，這個問題並不是本文討論範圍之內，可留待日後再作探討。關於梁秉鈞對家的渴求這點亦可參考余君偉的〈家、遊、行囊——讀也斯的游離詩文〉一文，收錄在張美君、朱耀偉編著：《香港文學 @ 文化研究》（香港：牛津大學出版社，2002），頁 142－169。

眼睛再看見天空？／在寂靜裏聽見水流的聲音／淤漬的溝渠疏通又再流動／在一處受的委曲真的可以在另一處舒展？／是什麼節日令人想起往歷史裏尋找？／不僅是一個家是許多許多個家／椅子端出門外拆下一道道籬笆[22]

這首詩描述柏林圍牆倒下，人們重獲自由，只是過去的傷口會得到撫平嗎？梁秉鈞第一時間就是想到透過家的建立令人們得到真正的舒展。家這個意象的運用在這個重大的歷史時刻造成了一個很強烈的對比。家彷彿是那麼個人的事情，尤其在這歷史的關鍵時刻。單看這首詩也許並未能察覺家在梁秉鈞作品中的獨特性，但也應該感到一種裏跟外，家鄉跟外國的二元對立。家一方面可以是指柏林人的家，但另一方面也可以是詩人自己的家。詩中最後部分便道明「不僅是一個家是許多許多個家」，其中是否包括梁秉鈞的家呢？這個問題在詩人其他的詩中會得到更清楚的解答。

〈在布萊希特故居〉是一首開宗明義關於家的詩。一般有關名人故居的描述大概着眼點都會放在名人身上。就以這首詩為例，焦點應該是放在布萊希特身上。有趣的是梁秉鈞竟然把重點放在那個居所、家的感覺上：

廚具間安排了所有的道路和天空／黃銅的水壺、木的桌椅，還有／陶瓷杯碟，一切都是基本的／沒有浮誇和奢華，沒有多餘的／飾物在溫吞的油脂上，黠慧的食譜／叫人一不提防嗆住了！辛辣，要

22　梁秉鈞：《半途——梁秉鈞詩選》，頁 264－265。

命！／卻又平易如同馬鈴薯、番茄和乳酪／芬芳與腥羶同時上場，不要人沉迷／鹽和胡椒不押討好的韻，瓶中紅酒不是／誰的血，幹活的手分開每日的麵包[23]

這首詩由三首短詩組成。第一首是寫布萊希特的書房，描述裏面有什麼書和什麼設備等等。第三首是關於一個靠近屋外的房間，不知道有什麼特定的用途，只知道用來種植盆栽、喝酒和工作都可以。第二首便是上面引述的那一首，明顯是描述廚房的。詩中描述杯碟、桌椅、食物等只會令人想到日常的、熟悉的生活。這個角度極為生活化，跟旅行的陌生顯然是對立的。

除了具體的家居外，梁秉鈞更多是追求家的感覺。家的感覺可以由不同的東西帶出來。日常家庭用品是其中一種可能。在〈克拉科夫歷史博物館〉這首詩中，詩人透過對博物館中零星展覽品的描述，勾畫出一幅家的藍圖：

那麼多閃亮的盔甲和刀劍／我們卻更愛看攪拌的機器／煮湯的燒鍋、或那彎彎曲曲／可以把頭髮燙得彎彎曲曲的鉗子／我們喜歡洗澡的水盆／笨拙的舊熨斗，隨手攤開／繽紛的刺繡，可以穿在一個／芬芳的人身上，每一個結都是心思／靈巧的盤纏、溫柔的舒捲[24]

到博物館裏參觀，一般人都會對平常較少見到的東西感興趣，例如盔甲和刀劍等等。誰知梁秉鈞剛好相反，要在不平凡中尋找平凡。

23　同上，頁 268－269。
24　同上，頁 276。

他偏要在武器、帝王的冠冕中尋找平常的家庭用品如攪拌的機器、燒鍋、洗澡的水盆和舊熨斗等等。當然單靠這些物品還不足以構成一個完整的家。只是在這些用品背後，我們隱約看到一位女主人的身影。女主人對家的重要性從〈在布萊希特故居〉這首詩中對廚房的詳細描述已見端倪。其實，在梁秉鈞那些對家有所渴求的作品中較多是跟煮食有關的。雖然在現代社會裏負責煮食的已不一定是女子，但對一般家庭來說，把煮食跟女子聯繫起來是較為普遍的想法。簡言之，食物、女主人、家庭用品等都是一些可以令詩人重拾家的感覺的東西。

同樣地，當梁秉鈞在〈波蘭餐館〉中尋找樸素的食物時，詩人大概也是在尋找家的感覺：

> 故意尋找大眾食堂一樣的牛奶吧／以為這就可以體會一般人怎樣進食／從最樸素的酸湯、最不裝腔作勢的／麵團，就可以理解一個地方……／廣場那兒一所優雅的小館，有／道地的牛雜湯、煎得很香的薯仔餅／但下一回就找不到了[25]

表面看來，詩人跟一般旅人一樣，在旅遊地點尋找美食。然而，梁秉鈞的要求又似乎有別於一般遊客，他追求的是尋常百姓在家裏吃到的東西。詩人在這裏又一次透過食物反映他對家的渴求。當然這首詩還有另一個信息傳遞出來，那就是政治轉變後，民生也改變，包括食物也不同了。

25　同上，頁 272。

梁秉鈞對家的渴求在最不可以想像的地點中亦可以看到，那便是〈奧斯維茲集中營舊址〉：

> 在這些房子裏找到／刻在牆上的名字／你遲疑地踏進門檻／室內彷彿比外面的雪地更冷／是誰要收集這些物質？／數不清地堆疊在眾人眼前：皮箱不再用來盛載衣服／衣服不再用來蔽體保暖／籃子不再用來盛菜／木棒不再用來搓麵粉／烤出芳香的麵包[26]

奧斯維茲集中營勉強來說都是家的一種，一個怪異的家。當然以家的角度來看待集中營的應該是絕無僅有。梁秉鈞在這首詩中的某些描述卻不期然令人想到家。上面的引文便是其中一些例子：皮箱、衣服、麵粉、烤麵包等東西從來都不會令人想到集中營，因為它們令人感覺溫暖。然而這種想法只是一閃而過，因為詩的整體感覺都是令人感到寒冷，是集中營一直以來給人的感覺，亦是詩人在詩的開首部分提到的冰冷感覺。這裏的一組二元對立是寒冷和溫暖，引申出來可以想像外面跟裏面（房子內外）的對立。只是一般的理解應該是外面寒冷，家裏溫暖，但這首詩剛好相反，那個所謂家實在令人不寒而慄。家的定義被模糊了。

從以上的分析看來，〈異鄉〉系列那些詩中包含了很多由遙遠距離做成的多組二元對立。那些二元對立都透着顛覆性，在在透着不合常理的地方。有關這種模糊的感覺，梁秉鈞在這個系列的最後一首詩〈異鄉的早晨〉中說得最清楚、明白。只是這首詩中提到的家鄉和異

26　同上，頁 274。

鄉變得模糊的原因除了由地理上的距離造成外，還有政治的因素：

> 一下子，一切模糊了／灰色的豪雨泯滅了邊界，天變了／什麼是凶悍與溫柔？恐懼或是安慰？／荒蕪的心中只見白蛇一樣的閃電／從最高處竄下深淵／四周都是一片同樣的顏色／模糊了，不知是在故土還是異鄉／房間裏來自各處的中國人聚首，彷如／隔世的言語說出來變了意義／……怎樣去說今天的故事呢？／不一樣了，攜來的中心失去了／相對的邊緣，沉重的行囊／變得難以言說的輕，憶念／變成碎片，混雜了不同口音的怨曲／圍繞着從迷霧中顯現的高塔[27]

一九九一年的冬天，詩人在芝加哥跟一群留落異鄉的中國人碰面，詩中描述到天變了，這裏可以是指真正的天氣，更有可能是指當時的政治情況。也許是六四事件後很多民運人士流亡海外，偶然聚首一堂，一切都變得不清不楚、不知身在何處。那種生活的突變，或多或少都跟速度有關係，是生活改變的速度太快。其中包括了語言的轉變，一下子要用新的語言來表達自己，困難之餘亦不無扭曲。以往一切的二元對立：故土與異鄉、中心與邊緣、輕與重等全都打碎了。

（二）家居

梁秉鈞在異鄉中看到「家」，雖然這其中的裏和外的意義已有模糊化的傾向。有趣的是在梁秉鈞的另一系列題為〈家事〉的詩中，描述的都是香港，但卻處處透着陌生。這部分將以梁秉鈞的作品作簡單分析，除了探討詩人另一種逆向之旅外亦會說明距離的多樣性，不限

---

27 同上，頁 280－281。

於地理上的距離。身在香港描述香港理應是零距離，但詩人在詩中卻處處點出距離，離開自己的家鄉愈來愈遠。〈在山谷裏尋找租房子的金水伯〉是一個很好的例子：

> 一列修長的綠竹遮掩着安靜的人家／瓦簷上有風箏，或是毽子／是我們多年前遺留在那裏的／現在回來尋找，但見叢叢亂葉／遮蓋着石頭，荒屋頂長滿野花／陌生人，你手上有這兒的鎖匙嗎？／你沒有，所有的門都關得嚴嚴的／你在呼喊金水伯，他已經離去／……你已認不出／這片風景，你住過的房子……[28]

這首詩是關於詩人長大後回到他兒時居住的地方。當中時間明顯地改變了。至於地方亦間接因為現代化、城市化的關係，發生了翻天覆地的變化，以至於一切都變得陌生（用瑞爾夫的說法是變得「無地方性」）。雖然梁秉鈞兒時居住的地方並沒有變成高樓大廈，但正正由於那裏沒有多大商業價值而備受冷落，變得荒涼。若是要尋找二元對立的話，這裏也可以找到。那就是家跟異地、熟悉跟陌生等組合，只是這些組合過往只會在旅行時找到，沒想到在自己家裏（香港）也會出現多組對立的關係。

〈大角嘴填海區〉是反映「無地方性」的另一個例子，但這首詩跟〈在山谷裏尋找租房子的金水伯〉那首剛好相反。〈大角嘴填海區〉反映的不是一所房子的問題，而是一個地區，甚至是整個香港的問題。詩中描述的是具商業價值的地段，一直接受到現代化和城市化的

28　同上，頁 284－286。

衝擊：

> 我也知道我們會輕易變得／像那些每天來對着海洋做晨運的／老婦人，即使大海已經填上泥沙／她們照樣對着比自己高大的沙土／一二三四擺動自己的雙手／我也知道歌頌純樸和自然很容易／變成笑話。萬千的躉船豎起／張揚的臂，擾亂了誰的夢境中／子夜黃金的面紗：「最繁盛的／商業中心！」真沒有意思……／但我也不想說一切／只有破碎，這兒一切只可以是／矛盾和嘲諷的景象，說所有事物／變化得這麼快所以我們並沒有／歷史。[29]

大角嘴前面那片大海由於甚具商業價值，所以政府進行填海用作興建高樓大廈。地方的發展速度太快，以致就算身處家園也令人產生一種極度陌生的感覺。當這種情況發展到最極端的狀態時，會令人感到跟自己的過去脫離了關係，失去了自己的根似的。

〈形象香港〉是另一首通過時間、發展速度造成距離的詩，此外詩人還加上人這個因素，由於不同的人對香港的看法各有不同，結果亦造成了不同的距離：

> 我在尋找一個不同的角度／去看視覺的問題。／這幀舊照片，原來是在／彌敦道的光光攝影院拍攝的。／今天有誰這樣着色呢？／我抬頭，看見銀幕上的半山區。／她來自上海，忘不了昔日的繁華／……她是來自台灣的小說家，以為自己／是張愛玲，寫香港傳奇……／在增添在刪減之間／我們也不斷移換立場／我們在尋找一個不同的角度／永遠在邊緣永遠在過渡／即使我們用不同顏色的筆書寫／這

29　同上，頁 302－303。

些東西也很容易變得表面／歷史就是這樣建構出來的嗎？[30]

詩人由一幀照片、一個電影鏡頭帶出了時代的轉變、今昔之別，亦即是時間跟變化速度的數值同時存在，而且與日俱增，結果當然造成了距離。這個話題在上面的例子中早已提到。這裏最特別的地方是列舉了一些人物做例子，說明不同人物基於他或她的文化身份不同，他或她眼中的香港亦有分別。由老上海來的女子跟由台灣來的作家當然不一樣，因為她們心中那個用來跟香港做比較的城市（即是他們的故鄉城市）便明顯有分別。這裏再一次印證了香港不單客觀上由於不斷拆建而充滿變數，就是在人們主觀的感覺中亦充滿變化。如此說來在構成心理距離的元素中，還可以加多文化身份一項。

四

根據以上的分析，我們可以看到家居和旅行這兩個詞彙本身的意思已包含不穩定性。當我們把這兩個詞的詞義以間距的方式把它們並置在一起時，它們開拓出來的空間（用朱利安的詞彙「之間」）竟然是一種「無處為家處處家」的老生常談。香港本應是梁秉鈞的家園，但急速的城市發展卻讓詩人處處產生陌生的感覺，活像身在異地；相反，當詩人身處異地時卻好像跟「家」更接近，更容易尋找到「令人感到像家一樣」的感覺。本來陌生的地方變成了「家」，本來是「家」的卻儼然成為「陌生地」。當然詩人在他的詩作中或文章中亦清楚提

30　同上，頁297－299。

醒「如果我覺得家園變成陌生地，那並不表示所有陌生的異鄉都可以輕易變成家園」。[31] 換言之，這種新開拓出來的空間本身也有一定的複雜性，不容易被定義規範。梁秉鈞的例子除了令人重新思考旅行和家居的定義外，亦不期然令人反思距離、速度及時間的意義。在後現代和全球化的世代裏，我們一直以為速度（無論是網絡或是交通工具）加快，距離便會縮短，甚至消失；然而，梁秉鈞的詩作帶出了多種思考，那便是距離不限於客觀、真實的距離，在很多情況下心理上的距離更能準確反映遠近的感覺。速度除了是人行走的快慢，人身處環境的變化速度也許更有決定性的影響。最後，時間亦加入了歷史的因素，過去和現在的分別亦構成了距離。簡言之，由距離構成令人感到地方不穩定的原因是由多方面造成的，包括地理上的距離、心理上的距離、時間上的距離，甚至是身份上的距離等等。這些話題實在值得進一步探討。

31　也斯：《游離的詩》，頁131。

第七章 食物與人

吃與被吃之間的對話空間

我們有理由相信當 Christopher Mattison 邀請梁秉鈞概括他「最近」(2012 年)[1] 的創作時,那答案正正代表着詩人在生命最後階段中的最終關注。梁的答案很簡單:「詠物詩」、「與東西有關的詩」。Mattison 總結道食物是貫穿這些答案的主題,這點在我看來,訪問者大概有點一廂情願。我對這篇訪問特別感興趣,因為詩人似乎有意淡化食物詩的重要性,把這種題材簡單歸納在詠物詩中。事實上,當 Mattison 提出上述問題的同時,他亦問及梁秉鈞對周蕾那篇題為 "An Ethics of Consumption" 的文章(一篇用來分析梁秉鈞食物詩的論文)的看法。梁並沒有正面回應,而且在同一篇訪問中,當梁提到對詠物詩的看法時亦沒有提過食物詩,詩人這種對食物詩的「迴避」跟他較早時談論食物詩的積極態度大相逕庭。

例如梁秉鈞在 2004 年接受《文學世紀》訪問時就指出「食物詩不一定要有教訓的,或許只是它本身的顏色及形狀吸引我。我最想每

1 有關這次訪問的確實時間無法考證,這個訪問的出版年份是 2012 年,所以推估這次訪問的內容大概較能代表梁秉鈞人生最後階段的看法。引自 Leung Ping-kwan, *Fly Heads and Bird Claws* (Hong Kong: MCCM Creations, 2012), p. 16-17 。

次有不同方向，不想僅以同一個方向去寫食物。我會與不同食物有不同對話，而由對話帶出自己的喜好、想法、感情、理解及觀念」。[2] 在這次訪問中，與食物「對話」這個目的躍然紙上。兩年後，梁秉鈞在一次跟羅貴祥的對談中提到食物在詩中扮演很多不同的角色，他重申「與食物對話」的重要性：「以食物為對象，不一定是要把我的意念投射在它身上，也可以是被它的特色吸引，嘗試了解它，與它對話。我的詠物詩大概是不那麼霸道，不那麼武斷的詠物詩。我欣賞不同的生命，也讓它們感染我。」[3] 在這次訪問中食物儼然是詠物的同義詞，食物跟詠物可以互換使用。然而，在 2012 年跟 Mattison 的訪問中，雖然梁秉鈞覺得對話仍然重要，但進行對話的中介物變成了詠物詩，詩人進一步認為對話可以讓這種自清末已經式微的文體得以重生。詩人對詠物詩的發展十分關注，這點跟梁的詩觀有很大關係，那就是「希望從平常的東西去找出看出詩的成分」[4]：「這些詠物詩是與世界對話的詩，不在物件身上強加道德教義，而是去欣賞它們的形狀、氣味和顏色，受它們啟發，並發展出一組新的書寫詞彙。」[5]

從以上簡單的梳理中可以看到，與（食）物對話是梁秉鈞認為讓詠物詩這種古代文體可以在現代繼續發展的策略，而在探索對話的過

---

2 周佩敏：〈梁秉鈞與他的食物詩〉，《文學世紀》，第 4 卷第 6 期（總第 39 期），2004 年 6 月，頁 67。

3 梁秉鈞：《蔬菜的政治》（香港：牛津大學出版社，2006），頁 142－143。

4 周佩敏：〈梁秉鈞與他的食物詩〉，頁 64。以下為節錄：「我（梁秉鈞）最初以食物入詩，很多人不太接受，他們覺得詩一定要寫偉大、崇高的題材，或是寫藝術品、寫人生理想。食物卻是低俗，不值得入詩。我以食物入詩，反差較大，帶出我自己的詩觀：詩不一定要咬文嚼字、崇高及偉大，相反平易近人的東西也可以寫成詩……我希望從平常的東西去找出看出詩的成分」。

5 Leung Ping-kwan, *Fly Heads and Bird Claws*, p. 21.

程中，詩人似乎遇到困難，跟食物對話並不順利，這裏其實涉及最少兩個問題。首先是物與我之間的關係在現代轉化的情況。至於另一個問題是吃與被吃之間的關係。這一章的重點會放在後者。吃與被吃兩者之間的關係向來是不證自明，梁秉鈞透過他的食物詩試圖突破這種既有的設定，與朱利安提倡間距理論背後的目的不謀而合，旨在開拓新的可能性。接下來會先簡單說明古代物我關係，然後再以梁的詩歌為例說明與食物對話所呈現的困難。最後，透過分析梁秉鈞以描述食物為主的小說《後殖民食物與愛情》為例，說明吃與被吃兩者之間反而可以在小說中孕育出對話的空間。

一

正如上文提到，梁秉鈞最初以食物入詩時面對很大的阻力，因為普遍認為食物低俗，不值得入詩。[6] 古人特別是文人（詩人）對物的態度較為反覆，開始時亦是較有保留的。早至《尚書・旅獒》便有「玩物喪志」之說。[7] 儼然把「志」跟「物」對立起來。及至老子的《道德經》同樣亦指出物的種種問題：「五色令人目盲，五音令人耳聾，五味令人口爽，馳騁畋獵令人心發狂。」[8] 這裏的「五味」是指食物的味道「是酸，苦，甘，辛，鹹。太多的味覺享受，會讓人的味覺喪失，吃什麼

6　周佩敏：〈梁秉鈞與他的食物詩〉，頁 64。
7　孔安國傳、孔穎達疏：《尚書正義》，卷二（北京：北京大學出版社，2000），頁 378。
8　老子：《道德經》（香港：商務出版社，2002），頁 38。

好東西都沒滋沒味」。[9] 後來劉勰《文心雕龍》的〈物色篇〉提到物與心的關係時相對較為公允：「物色之動，心亦搖焉……歲有其物，物有其容；情以物遷，辭以情發……是以詩人感物聯類不窮，流連萬象之際，沉吟視聽之區，寫氣圖貌，既隨物以宛轉，屬采附聲，亦與心而徘徊。」[10] 六朝因社會氣候剛好做就了詠物詩的發軔，出現了較多及體系較完整的詠物詩，[11] 所以物的地位得以提升。接下來唐代的詠物詩亦得到持續的發展，特別杜甫晚年寫了很多詠物詩（包括食物詩），被認為是下啟宋代詠物詩的盛世。[12] 宋代無論從政治、宗教、社會、經濟、生活模式甚至乎文學及哲學等層面都較適合詠物詩發展，[13] 同時亦發展出一些較成熟的對物我關係的看法，甚至是美學思想來。

宋人生活整體來說較悠閒，所以多了時間培養生活情趣，亦即是跟物的關係比起過去任何一個朝代都更為緊密。與此同時，宋人反而更為小心提醒自己或其他人不要為物所累。簡單來說，「宋代琴棋書畫、銅鼎鐘彝作為文玩進入士人的日常生活中，宋人又以『玩』的心態去避免因為過度嗜好這些物什而導致有累於物甚至喪失主體性的傾向」。[14] 宋人雖然對玩物不再抗拒，但在物與心之間，還是小心翼翼

---

9 李零：《人往低處走：〈老子〉天下第一》（北京：三聯書店，2008），頁 57。

10 劉勰著，范文瀾注：《文心雕龍註（下）》（北京：人民文學出版社，1998），頁 693。

11 鄒巔：〈六朝詠物盛況〉，《詠物流變文化論》（湖南：湖南人民出版社，2009），頁 115－124。

12 田耕宇：〈由浪漫到平實：從文人關注視野與生活情趣的轉變看宋代文學的理性精神〉，《西南民族大學學報（人文社科版）》，第 1 期，2005 年 11 月，頁 79－85。

13 潘立勇、陸慶祥：〈宋代美學的休閑旨趣與境界〉，《浙江大學學報》，第 43 卷第 3 期，2013 年，頁 144－154。潘立勇：〈宋代休閑文化的繁榮與美學轉向〉，《浙江社會科學》，第 4 期，2013 年，頁 127－133。

14 潘立勇、陸慶祥：〈宋代美學的休閑旨趣與境界〉，頁 152。

的保護着心（志），不讓物束縛，說到底在物我之間主次分明，人為主，物為次。例如歐陽修及蘇軾等都對心與物之間的關係有所說明，其中最受注目的要數蘇軾「寓意於物」的思想。

蘇軾在〈寶繪堂記〉及〈超然台記〉[15]中分別反覆說明「寓意於物」的含意：「君子可以寓意於物，而不可以留意於物。寓意於物，雖微物足以為樂，雖尤物不足以為病。留意於物，雖微物足以為病，雖尤物不足以為樂。」[16]至於具體做法是：「見可喜者雖時復蓄之，然為人取去，亦不復惜也。譬之煙雲之過眼，百鳥之感耳，豈不欣然接之，然去亦不復念也。於是乎二物者常為吾樂而不能為吾病。」[17]蘇軾在這裏把物我關係分成兩種：「寓意於物」及「留意於物」。所謂「寓意於物」的關係是指「對外物採取一種自然放達的態度，將個人的情感、喜好寄寓在外物中，同時意識到某個特定的外物雖然是有限的，容易失去的，但是世界的廣闊性為個人的『寓意』提供了無限可能，而無須執着停滯於一時的得失。」[18]至於「留意於物就是對外物採取一種佔有、征服的態度，試圖將自己所欲求的東西佔為己有，滿足自己的慾望」。[19]蘇軾對物的看法是採取一種流動和開放的態度，他的心意作為主導，可以寄託在不同的物身上，個別的物本身的特性並不那麼

15　蘇軾：〈寶繪堂記〉、〈超然台記〉，載劉乃昌、高洪奎注譯：《蘇軾散文選》（香港：三聯書店，1991），頁 173－178、149－154。

16　蘇軾：〈寶繪堂記〉，頁 174。

17　同上，頁 175。

18　楊存昌、崔柯：〈從「寓意於物」看蘇軾美學思想的生態學智慧〉，《山東師範大學學報》，2006 年，頁 65。

19　同上。

重要，以至於他在〈超然台記〉中提出「餔糟啜醨，皆可以醉，果蔬草木，皆可以飽」。[20] 換言之，食物本身的物性並不重要。

一般認為宋以後的詠物文學並沒有太大發展，雖然仍然有不同的詠物作品出現，甚至是透過其他形式創作，例如元的詠物曲，但這種文體的發展亦大不如前。[21] 如此說來宋人（特別以蘇軾為例）對物的看法是較有代表性的。事實上，梁秉鈞對蘇軾這位古代詩人也較為重視，他先後給蘇軾寫過一首詩和一篇散文：〈三蘇祠提問〉及〈三蘇祠取景〉，這在梁的作品中是較為少見的。[22] 無可否認，梁秉鈞對食物的態度跟蘇軾的確有相同的地方，例如對食物的開放態度，各種各樣的食物都可以入詩。若要對二人作出簡單的分別的話，我們會發現梁對食物本身個別的特性是十分重視的，這點大概是蘇軾跟梁對物／食物看法的最大分別。梁秉鈞把食物放在一個重要的位置，由食物帶領，從而發現自我及世界。這正正是他所謂與食物對話的意思。對梁來說人的「意」不一定在人的心裏，反而在食物裏找到。梁秉鈞這種對食物詩的看法，至少從詩觀來看，可以說不同於蘇軾的「寓意於物」。這種物我關係模糊的看法，正正反映了現代人跟古人對物我關係的理解有基本上的分別。[23]

現代人在跟古人截然不同的生存環境下對人的主體性及物我關係

20　蘇軾：〈超然台記〉，頁 150。

21　鄒巔：《詠物流變文化論》，頁 38。

22　集思編：《梁秉鈞卷》（香港：三聯書店，1989），頁 153 及頁 213－214。

23　有關現代人與物的關係可參考本書的第二章〈詠物傳統〉，這裏只作簡單說明。

的理解有很大差異。現代人感到主體性受威脅，我們不單無法操控物，在很大程度上，我們反而受到物的操控。這裏很大的原因是現代科技文明讓我們的生活，甚至是（從醫學的角度來看，例如假體）身體都離不開物。[24] 梁秉鈞對物的重視正正是反映了現代人的處境。然而，這種（食）物與我的關係放在詩歌中似乎並不容易落實，如細心分析梁的食物詩的話，可以發現詩人的食物詩詩觀無法在他的作品中很好的反映出來。有趣的是詩人與食物對話的夢想，反而通過他的小說實現。

二

吃與被吃兩者之間的關係一般被認為是不證自明的，但梁秉鈞早年卻多次提出要與食物對話。梁秉鈞在這裏說的對話，多少包含着對食物的尊重，但這絕對不是簡單的事，因為人跟食物的關係是最明顯的吃與被吃的關係，主次分明。羅貴祥在訪問中亦問到這個問題：「你怎樣看人與食物的主、客體關係呢？我的意思是，談及食物，我們總是佔據主體的位置，是控制者，不會反過來給食物吃掉（應該不可能被吃掉吧）。」[25] 梁的回應是「真的，這倒是沒辦法的事」。最後他總結道「我是對各種人際關係各種態度感興趣吧了！」[26] 實在不禁令

24　Tim Armstrong, *Modernism, Technology and the Body Modernism, Technology and the Body: A Cultural Study* (Cambridge: Cambridge University Press, 1998), p. 2-3, 77, 79.

25　梁秉鈞：《蔬菜的政治》，頁 170。

26　同上。

人懷疑這個訪問正是梁對食物詩態度轉變的一個轉折點。梁最終不得不承認他始終是對人較關心，而這種取向是較接近古人的。這部分將透過梁的詩歌說明詩人與食物對話的策略，並嘗試分析這些策略無法把梁的詩觀有效表現出來的原因。梁秉鈞與食物對話的策略總括來說包括：

1. 詩人把自己的心意寄託在食物裏。

2. 詩人代替食物說話或用擬人手法讓食物說話，把食物的心意道出來。

以下將分別把這兩種策略說明 。

（一）詩人把自己的心意寄託在食物裏

這類型的食物詩在梁秉鈞的食物詩中佔了一定的數量。如要細分的話，又可以按詩人對食物特性的重視程度，再分為兩類。〈亞洲的滋味〉屬於第一類，對食物特性着墨較少：

> 剛收到你寄來的瓶子，還未打開／沒想到，隨灰雲傳來了噩耗／沿你們的海岸線北上，地殼的震動／掀起海嘯，一所酒店在剎那間淹沒／一列火車衝離軌道，在無人駕駛之下／從今生出軌闖入來世的旅程／海水突然淹過頭頂：油膩而污黑的／生命、飄浮的門窗、離家的食物……／我打開密封的瓶子，嚐不出／這醃製的蒜頭是怎樣一種滋味／是泥層中深埋的酸澀、樹木折斷的焦苦？／還是珊瑚折盡魚翻白肚的海的鹹腥／從陽光普照的午後傳來，你可是想告訴我／如何在黑暗中醞釀，在動亂中成長／千重輾軋中體會大自然的悲憫

與殘酷／如何以一點甘甜襯出大地人世無邊酸楚？[27]

這首詩是關於詩人收到朋友（大概是亞洲某個國家，有可能是印尼）寄來的醃製蒜頭。梁秉鈞沒有花太多筆墨來描述這食物，更多篇幅是借這瓶醃製食物來寄託詩人對 2004 年南亞海嘯的悲哀感受。在詩的第一段中，詩人以醃製食物起興，接下來是描述海嘯帶來的種種災難，與食物完全無關。詩的第二段讓我們知道朋友寄來的是醃製蒜頭，但到底是怎樣的味道實在不得而知，因為詩人告訴我們他「嚐不出／這醃製的蒜頭是怎樣一種滋味」。梁在詩中描寫的酸澀、苦、鹹、甘甜讓我們懷疑都是跟海嘯的關係較大。

〈豬肉的論述〉也屬於第一類，這首詩是借豬肉來反映民生問題。梁秉鈞對豬肉這種食物本身的特徵並沒有太多的描述。詩由豬肉價格飆升說起，然後帶出各方面人士的看法，包括生豬買手、供應商、民主黨、報紙社評、街市的阿婆，最後以屠房的豬隻作結：「目前的豬肉減價戰／只是人類單方面的行為／牠們不能對此負責」。[28] 這種幽默感在梁的食物詩中並不多見。

從以上這兩首食物詩看來，它們跟古代那些蘇軾口中「寓意於物」的詩歌沒有太大分別。這裏就以蘇軾同樣以豬肉為題材的詩〈豬肉頌〉為例作簡單說明：「淨洗鐺，少着水，柴頭竈煙燄不起。待他自熟莫催他，火候足時他自美。黃州好豬肉，價賤如泥土，貴者不肯

27　同上，頁 53。
28　同上，頁 60。

食，貧者不解煮。早晨起來打兩碗，飽得自家君莫管。」[29] 蘇軾雖然在詩中開首部分有描述如何煮豬肉，但重心還是放在他被貶黃州的生活狀況，例如怎樣果腹和自得其樂等。剛巧黃州的豬肉便宜所以蘇軾吃得較多，於是便寫起豬肉來，這裏並不存在豬肉本身有什麼特別的特徵而引起詩人的興趣，把它入詩。這點梁秉鈞在〈亞洲的滋味〉及〈豬肉的論述〉等詩中對食物的處理跟蘇軾是同出一轍的。然而，這類詩在梁的食物詩中並不多見。

另一類食物詩較多反映詩人受到食物本身的特性吸引，然後把他自己的意念、想法帶出來，〈鴛鴦〉大概可以代表這類型的作品：

> 五種不同的茶葉沖出了／香濃的奶茶，用布袋／或傳說中的絲襪溫柔包容混雜／沖水倒進另一個茶壺，經歷時間的長短／影響了茶味的濃淡，這分寸／還能掌握得好嗎？若果把奶茶／混進另一杯咖啡？那濃烈的飲料／可會壓倒性的，抹煞了對方？／還是保留另外一種味道：街頭的大牌檔／從日常的爐灶上累積情理與世故／混和了日常的八卦與通達，勤奮又帶點／散漫的……那些說不清楚的味道[30]

鴛鴦是一種香港獨特的飲品，把東西方兩種飲料的表表者——茶和咖啡——混在一起飲用。假如味道調校得不好的話，會變成奶茶或者是咖啡，如詩人擔心的，味道「會壓倒性的，抹煞了對方」。梁秉

29　蘇軾：〈卷二〇：豬肉頌〉，《蘇軾文集》，第 2 冊（北京：中華書局，1986），頁 597。

30　Leung Ping-kwan, *Travelling with a Bitter Melon: Selected Poems (1973-1998)*. Ed. Martha P. Y. Cheung (Hong Kong: Asia 2000 Limited, 2002), p. 216.

鈞在這裏是透過鴛鴦這種香港飲品，帶出香港的文化特色。東西文化混雜是其一，另外這種飲品的發源地——大牌檔，亦能說明香港社會文化的另一些特色：世故、日常的八卦、通達、勤奮及散漫等等。換言之，梁在鴛鴦這種飲品中看到香港及香港人這些特性來。然而，這裏的解釋是有值得商榷的地方，到底詩人是看到或是喝了鴛鴦這種飲品後得到上述的啟發，還是在想到這種飲品以前，已有這種意念呢？這個問題實在難有確實答案。如果從另一首詩〈洋蔥〉作為討論焦點的話，答案似乎較為肯定，梁秉鈞是先有意念，然後再配以食物的特性來寫的。

〈洋蔥〉是一首圖像詩，梁秉鈞把詩文砌成一個洋蔥的模樣。洋蔥是由外地傳入中國的，所以「它的姓氏聽來就不可信賴」，這裏是指它有一個「洋」字。另外洋蔥不好處理，往往讓煮菜的人「眼睛有點癢癢的」。詩人覺得把洋蔥一層一層剝開時可以看到輕重不同的變化，而且那股「辛辣爽甜」亦觸動了味覺，要找新的詞彙來說明。梁在這首詩裏其實要透過洋蔥的特性來反映當時文壇的論爭，這場論爭主要是由余光中代表的較靠近中國古典傳統詩學的，跟以梁秉鈞為首的西方現代主義詩學之間的爭論。[31] 梁在詩中提出一種以日常生活及清楚語言為主的詩學，但在當時「怎的卻老被貶說太容易／坦開自己教人看清楚／他們裹着長袍呷茶說／風雅的花事和燈謎／我尋找另外的

31　關於這首詩的解讀主要受到 2014 年於花蓮國立東華大學舉行的「第六屆文學傳播與接受國際學術研討會」中兩篇報告及討論啟發。兩篇論文分別為：王良和：〈拆解中心與競逐主流：八十年代香港詩壇現代派與余派的論爭〉；余君偉：〈論也斯的食物詩學〉。

文字」[32]。梁在這裏明白道出自己的詩學觀念受到當時文壇較保守的詩風貶抑。「長袍呷茶」及「燈謎」等象徵着古老的詩學觀念。

相對來說〈鹹蝦醬〉這首詩是最能肯定是先有意念，然後再以適合的食物配合。梁秉鈞在接受《文學世紀》訪問時被問到：「在〈鹹蝦醬〉中，你指出香港人對自身文化採取否定的態度，為何你有這樣的想法？」梁解釋說在一次香港舉辦的國際詩會中，他發現香港的旅遊協會人員對於香港的日常事物和地道的生活面貌十分抗拒，例如香港仔漁村、九龍城街市或鴨寮街等，不願意被外國人看到似的，只願意帶他們去山頂、淺水灣等旅遊景點。詩人「突然感受到人們竟是如此否定自己的背景及出身，於是便寫下這首詩」。[33]

> 親愛的朋友，我不知怎樣向你解釋／我們這裏有人老覺得這是拿不出去的東西／……她們好似覺得自己的手腳是醜陋的／恐怕外人到來否定我們／自己先就與窮親戚劃清了界線／總是尋找一個鄙視的對象、一個代罪羔羊：／鹹蝦醬！ ……[34]

上面引述詩的內容跟梁秉鈞的解說完全吻合，鹹蝦醬正是代表着一切被香港的旅遊協會人員否定的香港本土文化。從以上的例子可以看到，我們雖然無法一一證明梁這類型的詩都是意念先行，然後用適當的食物配合，但上述的例子似乎已讓人充分懷疑這種可能性很大。

---

32 Leung Ping-kwan, *Travelling with a Bitter Melon: Selected Poems (1973-1989)*, p. 218。

33 周佩敏：〈梁秉鈞與他的食物詩〉，頁68。

34 Leung Ping-Kwan, *Travelling with a Bitter Melon: Selected Poems (1973-1989)*, p.236.

簡單來說，這類型的詩還是較接近「寓意於物」，但詩人在配對時較在意對應的食物的物性是否吻合。

（二）詩人代替食物說話／食物自白

梁秉鈞另一種與食物對話的策略是由他直接道出食物的心意或用擬人化手法由食物自己道出心底話，這裏先說詩人代替食物說話這種策略。這種手法在梁早期的詩中已經採用。例如詩人在〈水果族〉中直接道出玉蜀黍、紅草莓的心意：「把肥胖的玉蜀黍／煮熟了／與牛油和鹽同吃／它的臉孔發出亮光／好像很喜歡被我們吃的樣子……紅草莓喜歡白色的牛奶／你就讓它在那裏游泳／它也喜歡我們這樣吃它」。[35] 這種手法放在食物與人的關係中，大概會產生或多或少的問題，這當然回歸到主客關係的話題上。由食物不斷強調自己喜歡被吃，正如梁亦提到的恍如一種虐待（S）與被虐待（M）的關係，[36] 無論如何多少透着不自然。情況就像由「施虐者」（詩人）告訴我們「被虐者」（食物）喜歡被他吃掉一般，似乎欠缺說服力。

〈京漬物〉是另一首同類型的詩歌。詩人透過醃製京漬物的過程，再次呈現食物彷彿有被虐待（這裏還帶着性的暗示）的傾向 。「眉眼」讓人聯想到女性，「我」是「六郎兵衛」，是醃製這些漬物的人。「緊抱你」、「肌膚」、「不再抵抗」、「柔順地躺下」和「快感」

35　集思編：《梁秉鈞卷》，頁 129。
36　梁秉鈞：《蔬菜的政治》，頁 170。

等全都是讓人聯想到性的詞彙，與此同時，因為這些蔬菜將被醃製，讓人聯想到死亡，整首詩充滿着異樣或者說是異常，甚至是令人不寒而慄。同樣地，詩中的敘事者怎麼說都難以說服讀者他是一個可靠的敘事者。

> 你的眉眼告訴我／你從夢中期待我用鹽塗遍你／淹沒你重重地緊抱你／我知道，整個夏天你一直在等待／成長為京城最美味的肌膚／你是芥末醃過的小茄子／你是輪迴的山菜與櫻桃／你是特別酸的蘿蔔，特別辣的／白菜，你是發酵最久的靈魂／你是不再抵抗的西瓜／柔順地躺下的香菇／不要擔心，我會用完全的心意／炮製你獨特的形狀／愛出斑爛的瘀傷，給予你／夢中才會洩露的快感[37]

從以上例子可以看到詩人直接道出食物心意這種對話方法是不大可行，詩中表現出來的與其說是食物的心意，倒不如說是詩人的心意。同樣地，就算詩人用第一人稱擬人法來讓食物表達自己的思想，問題一樣存在，而且可能更添怪異色彩。

〈釀田螺〉是其中一個很好的例子。這首詩分成兩段，詩的第一段是關於梁秉鈞嘗試通過田螺本身說明如何做這道菜，而詩的第二段則帶出釀田螺這種本來是鄉土的菜式，現在已被帶離鄉村，送到不知明的地方，幫它增值，成為名貴的菜式。這裏主要看第一段的內容。由田螺以第一人稱親自告訴我們怎樣把它「切碎」、烹調、煮熟，跟上面提到的有被虐待傾向一樣，也許如果由詩人說的話，詩人較似

---

37 同上，頁 19－20。

「施虐者」，現在由食物自己說的話，則像它們有「被虐待狂」這種病態傾向。

> 把我從水田撿起／把我拿出來／切碎了／加上冬菇、瘦肉和洋蔥／加上鹽／魚露和胡椒／加上一片奇怪的薑葉／為了再放回去／我原來的殼中／令我更加美味[38]

當然如果說是病態，應該要數〈鮟鱇魚鍋〉這首詩了。詩的敍事者是鮟鱇魚，它想像不同的人把它不同的部分「剖開」吃下各自喜歡的部分。

> 我在身旁放一把剪刀／讓你選擇在我身上剪去任何東西／………／你對大口怪臉可有偏嗜？／我是你巨大的狂想／我看見你，孤癖的年輕人／一剪剪下我的鰓／憤怒的中年人，一剪剪下我的皮／我看着你，瘋癲的老人／剪下我的胃袋／我的卵巢／經冬而變得肥美的肝臟／你們吞下我／我把一切都給了你們／你咀嚼一切，你明白／血液的味道了？[39]

相對來說，這類型的詩較為純粹，除了個別的例子（如上面提到的〈釀田螺〉），大部分都是寫食物的特性為主。然而，由於人與食物的主客關係早已成了定局，所以這部分的詩造成一種帶有病態的效果。關於詩中呈現食物的心意（主要是甘願，甚至乎享受被吃），當然是以反映梁秉鈞的心意為主，因為食物的生存／存在哪會想到是為

38　同上，頁 43。
39　同上，頁 21－22。

人類服務，牠們（指動物）的智慧水平大概沒有到達這種思考水平。換言之，這些詩在某程度上也是一種「寓意於物」的食物詩。

三

梁秉鈞在七十年代開始寫詠物詩和食物詩，[40] 直至九十年代才開始創作與食物有關的長篇小說《後殖民食物與愛情》。作者花了很多篇幅集中討論人跟物（食物）的主次關係，雖然食物不同於一般的物，一般的看法是主次關係較明顯，都是人為主，食物為次，但由於食物的處理方法日新月異，梁秉鈞在小說中嘗試顛覆這種既定的物我關係。[41] 這種嘗試無形中把小說跟詩的特性或差異顯現出來，或者應該說小說較適合處理顛覆物我主次關係這種複雜的議題。梁秉鈞注意到詩這種文類本身有一定限制，並不適合表達某些主題。例如，當羅貴祥和梁秉鈞在對談中問到詩人的食物詩「好像沒有什麼宗教的聯繫」時，詩人以小說〈艾布爾的一夜〉來說明「從飲食中引起接近宗教式經驗」。[42] 梁秉鈞這個答案很重要，因為羅跟詩人整篇訪問都是以詩為主，唯獨是在這個答案中，梁間接承認了詩的局限要由小說來補救。

在同一個訪問中，羅貴祥就物我關係，特別是食物與人類的關

40 梁秉鈞：〈關於詠物詩的筆記〉，載集思編：《梁秉鈞卷》，頁 171－172。

41 梁秉鈞寫詩時會用回自己的名字，但寫其他文類則選用也斯這個筆名。這裏為維持一致性，在討論也斯的小說時亦會繼續沿用梁秉鈞這個名稱。

42 梁秉鈞：《蔬菜的政治》，頁 168。

係，進一步追問詩人：「你怎樣看人與食物的主、客體關係呢？我的意思是，談及食物，我們總是佔據主體的位置，是控制者，不會反過來給食物吃掉（應該不可能被吃掉吧）。這樣的『固定位置』，對詩，是好是壞呢？」梁秉鈞這次回答時沒有借助小說，就詩而言，他是直接承認詩的局限：「真的，這倒真是沒辦法的事。不過甜食令你蛀牙，辣椒叫你上火。食物令你上癮、失眠、胃痛、膽固醇過高、中毒、全身痲痹。我不以為我完全操控食物，不過我也不會偽裝是食物在嘴嚼我。絕對完全政治正確我是沒有可能的了。」[43] 羅貴祥的問題反映了詩在處理（食）物及人的關係上，無法很好說明現代的物我關係。事實上，這個問題只有在梁秉鈞的小說中才得到解決。接下來這部分會集中分析《後殖民食物與愛情》中展現的兩種（食）物我關係，包括：

1. 人跟物再無主次之分；
2. 人被物操控。

（一）人跟物再無主次之分的物我關係

人跟物無分主次的主題在《後殖民食物與愛情》的〈艾布爾的夜宴〉中以一個較特別的方式呈現，故事的解讀亦較複雜，因為這是一個關於食物，關於分子料理的故事。分子料理最大的特徵是人／廚師像上帝一樣，可以把物的形狀改變，彷彿食物都在人類操控之中，表面看來小說提醒我們人類還是可以操控（食）物的。故事描述一班分

43　同上，頁 170。

散在世界各地的香港人，相約一起到西班牙一個小鎮吃有名的艾布爾分子料理。這頓料理要吃很長時間，大概需要六個小時。開始時，眾人都被那種像表演魔術的做料理方式迷惑着，明明看起來像橄欖的東西，吃起來完全不是那回事。明明應該是液體的飲料，卻以固體的形式出現等等。廚師把食物和食材操控至出神入化的地步。然而，故事最出人意表的地方是關於史和覓的描述。史和覓是兩個到艾布爾吃分子料理的年輕人，好一對金童玉女的人物，在宴會中途才出現。他們在夜宴中與眾人談笑甚歡，大家盡興而返。第二天早上，有人早起外出買報紙去，從報道中得知史和覓兩人在交通意外中死亡。令人震驚的是原來他們在駕車到餐廳途中，汽車失事，意外身亡。換言之，那天晚上出席晚宴的史和覓是他們的鬼魂。這段插曲十分重要，梁秉鈞彷彿要把史和覓跟分子料理作比較。當史和覓到達餐廳時跟分子料理出場時一樣，都是先來一道輕煙，然後兩「人」才出現。要知道分子料理是人（廚師）做出來的；史和覓的鬼魂卻是由物（由汽車、甚至間接是由這一頓夜宴、這些食物）做出來的。如果不是為了這些分子料理，史和覓便不會開車到西班牙去；如果不是那輛車，兩人也不會死去。換言之，人跟物在〈艾布爾的夜宴〉這個故事中的地位各領風騷，無分主次。

（二）人被物操控的關係

人被物操控的主題在《後殖民食物與愛情》的很多章節中都可以找到。《後殖民食物與愛情》主要採用現代主義及後現代主義手法，實驗性較強，梁秉鈞把故事中的食物都寫成隱喻、有所指或有寓意的，讓食物跟人的關係有一種磋商的可能。食物在很多章節中都以一種高高在上的預言者姿態出現，在這種情況下食物脫離了一般的用途——被人類吃。例如，故事第一章〈後殖民食物與愛情〉的開首便用了一個食物的隱喻（一種不知名的水果）來介紹主角史提芬混雜的身世[44]：

> 我試着這怪果子，覺得味道還有趣，核大殼脆，果肉味道有點像曬乾了的龍眼肉，形狀像豆莢那樣是一彎新月，叫人疑心是荷蘭豆跟龍眼雜交以後的私生子。

故事一開始是關於男主角史提芬生日那天的情況，朋友阿李買來了這種不知名的水果，梁秉鈞開宗明義點出它身份不明，接下來，話鋒一轉，突然寫到史提芬有三個生日日期。這顯然把史提芬的混雜身份跟水果的相提並論：

> 我這麼大一個人，過去一直沒有做生日的習慣。大概因為當年父母偷渡來港，我是私家接生的，連出世紙也沒有。長大以後去領身份證，看不懂英文，就把當天的日期當生日寫上去了。家裏提的是中國陰曆的日子，身份證上是應付官方的虛構日期，還有阿姨後來替我從萬年曆推算出來的陽曆日子，我備而不用，也沒有真正核對過。就這樣三個日子在不同場合輪番使用，隨便應付過去[45]

事實上，史提芬除了生日日期不明不白外，他的職業也有點不清不楚，這令他的身份多添一份含糊的感覺。簡單來說，他日間經營髮

44　趙稀方：〈從「食物」和「愛情」看後殖民〉，載陳素怡編：《也斯作品評論集》（小說部分）（香港：香港文學評論出版社，2011），頁340。

45　也斯：《後殖民食物與愛情》（香港：牛津大學出版社，2012），頁1－2。

廊，晚上髮廊會變成酒吧，那到底他是酒吧還是髮廊老闆也是很難說，一樣是身份模糊。

食物作為預言者的身份，在《後殖民食物與愛情》很多章節中都可以看到，同樣在〈後殖民食物與愛情〉，食物便預告了史提芬跟女朋友瑪利安的愛情會以分手告終。瑪利安要介紹史提芬給她的父親認識，他們兩父女都是懂得吃的人，史提芬一心邀請他們到中環一家新開的法國餐廳吃飯，誰知道那是一家新派的法國餐廳，吃融合菜（fusion 菜），這讓強調正宗的瑪利安父女十分不滿，當夜瑪利安便跟史提芬分手。此外，梁秉鈞在〈尋路在京都〉、〈幸福蕎麥麵〉和〈濠江殺手鹹蝦醬〉裏分別描述了懷石料理、蕎麥麵及澳門菜三類食物，雖然故事中的人物最終吃到他們要吃的東西，但由於食物的水準令他們失望又或者沒有完整的吃一頓飯，結果預示了主角們的感情發展不如理想。羅傑跟阿素吃懷石料理時感到徹底失望，食物不是味兒。阿麗絲在東京街頭找來找去也找不到心中那碗蕎麥麵。澳門殺手鹹蝦醬則在故事中永遠無法跟他心愛的女人吃一頓完整的澳門菜。食物在這些故事裏的寓意跟〈後殖民食物與愛情〉一樣，人們從食物方面得不到滿足，感情也無法得到幸福。羅傑跟阿素最終分開了，阿麗絲也無法跟已婚的伊藤先生走在一起。澳門殺手鍾情的女人最終都沒有跟他在一起。

除了愛情以外，食物亦預示家庭關係是否和睦，如果吃飯吃得不滿意的話，亦暗示了同枱吃飯的人家庭關係有矛盾。〈溫哥華的私房菜〉便是一個很好的例子。老薛早年因害怕香港回歸，安排妻兒移民加拿大，自己則留在香港工作，結果最後弄得婚姻破裂，跟子女關係疏離。故事開始時老薛一心到溫哥華跟前妻及子女共聚天倫，誰知前妻整天跟他鬧，最終無論老薛怎樣努力，「一家人」都無法坐在一起吃一頓飯，家庭關係當然不大美滿。

食物在《後殖民食物與愛情》中帶有預言色彩，彷彿人的命運都掌握在食物手中似的。表面看來，梁秉鈞的食物詩中也有相類似的功能，有「寓意於物」的作用。然而，詩人的食物詩對食物的個別特性十分重視，以至令食物無法突破它本身的功能——被吃的功能——無形中把物我關係強化在一種固定的框架內，造成一種障礙。相對來說，梁秉鈞小說中的食物除了少數的例外，例如小說開首那種水果外，詩人對於絕大部分食物的個別特性並沒有作詳細描述，就是有都是較為籠統的特性描述如融合菜或是正宗的，還有上面討論時提到的分子料理等。這種處理食物的手法讓食物面目模糊，令食物被吃的功能相對淡化，有利於凸顯它們的寓意。換言之，梁秉鈞的食物小說比食物詩可以更有效地處理現代世界複雜的物我關係。

四

梁秉鈞一直致力於把已式微的古代詠物傳統轉化到現代，詩人對食物詩有特別的關注，他的策略是與食物對話。這種對物的高度重視，或者說對物我關係作一種前所未有的密切關注，是跟現代社會的發展息息相關。然而，從梁的詩作來看，他與食物對話的策略並未能把現代的物我關係，即人類反過來受到物的操控這點表現出來，絕大部分都是人為主、物為次的關係，這種關係跟古代詠物傳統十分接近。梁秉鈞的食物詩不單在物我關係上較接近古代詠物詩，就是在藝術特色方面亦十分接近。簡單來說，古代詠物作品可以分為兩種類型：「一是無寄託的詠物」，另一種是「有寄託的詠物」。[46]「寓意於物」當然是屬於後者的詠物類型。從藝術表現手法來說，詠物文學亦是多種多樣的，例如「比興寄託」、「形神兼備」（即是物我混融一體）、「景情交融」（包括觸景生情、借物傳情、緣情寫景）等。[47] 以上這些手法可算是有寄託的詠物，梁在作品中亦有使用，這裏不一一細表。換言之，梁的食物詩並沒有成功的轉化成現代的食物詩。

究其原因，現代的物我主客關係複雜，梁秉鈞以食物作為詠物詩的主要描述對象，這點無形中為詠物詩的現代轉化設下兩度障礙。首先，人跟食物的主客關係明顯。也許更重要的原因是，詩歌在處理這種複雜的現代物我關係上並不是最理想的文類。以食物作為描述對象來說明複雜的現代物我關係不是沒有可能的，但要用較長的篇幅，例如敍事詩，最好是以小說而不是用抒情詩來說明。梁秉鈞的《後殖民食物與愛情》便是很好的例子，同樣是以食物為主要描述對象，便帶出了人跟物無分主次及人被物牽着走的主題。

食物與人之間無疑是有較固定的位置和角色，但透過文學手法的處理，特別是小說情節上文下理的細心鋪排下，開拓了一個新的空間，絕對有助我們重新思考兩者的關係，尤其是由人類中心主義（anthropocentrism）帶來的生態危機，是一個日後值得探討的話題。

46 鄒巔：《詠物流變文化論》，頁 24 。

47 黨天正：〈古代詠物詩五探〉，《寶雞文理學院學報》，第 20 卷第 2 期，2000 年 6 月，頁 51－55 。

（照片由吳煦斌提供）

城市總有霓虹的燈色
那裏有隱密的訊息
只可惜你戴起了口罩
聽不清楚是不是你在說話

〈城市風景〉（節錄）
文、圖　梁秉鈞

序與跋之間

我有點懷疑也斯以為我是一個小器的人。因着這種懷疑，這些年來我一直很努力的洗擦，但只怕都是徒勞。

説來我對書的事情的確特別小心眼。那年也斯到澳門發佈他的新書《後殖民食物與愛情》，我拿着兩本自己十分珍愛的書 *Modernist Aesthetics in Taiwanese Poetry since the 1950s* 及《希臘點點星集》要送給他。記得在那次新書發佈會以前，也斯曾經到澳門參加學術會議，席間談到我的博士論文。當詩人得知我是研究台灣現代主義詩時，忙説要看我的論文。我一直把這句話牢牢記着。論文終於出版了，也斯剛巧帶着他的小説到澳門來。

也斯接過那兩本書後，我竟然有點不捨，隨即亦擔心起來：詩人到底是否真的有興趣看我的東西呢？眼見也斯正要把書放進袋裏去，我忽然衝口而出説那本論文很貴啊！詩人大概從未有碰過這種情況，有點反應不過來，待他回過神來，説要幫我買書。那一刻我巴不得在地下挖個洞，鑽進去。

那個洞始終未有挖成，書錢當然不了了之，只是我把那個問題一直放在心裏。這些年來我一直在寫東西，不是寫也斯，就是寫他的朋友馬朗、劉以鬯、陳國球或者詩人關心的話題例如現代主義或抒情傳統等。想起要寫《東西之間：梁秉鈞的中間詩學論》這部書時身在台北，當時得到陳智德博士及陳國球教授鼓勵；後來更獲朱耀偉教授支持收在中華書局（香港）有限公司的「文化香港」叢書。我在這部書的序與跋之間，嘗試透過那七章的內容勾劃出一道閱讀也斯的線索來。其中第一章及第四章分別以〈詩經練習：試論梁秉鈞對香港現代主義詩歌抒情性的繼承〉和〈也斯旅遊文學中的多元角度〉為題先後發表。其他篇章的意念大多曾經以會議論文形式發表，但報告內容和現在的定稿有很大差別。至於 *The Hong Kong Modernism of Leung Ping-kwan* 一書，嘗試用另一種角度——香港現代主義——來閱讀也斯。所有現代主義有關的主要話題都涵蓋其中，例如抒情傳統及詠物傳統、旅遊文學、魔幻現實主義等，想來這兩本書的關係是這麼近、那麼遠。

大概是 2012 年聖誕前後收到也斯的電郵，説病中有較多時間，他再翻看我那兩本書，叮囑我要多寫。我又把也斯這句話牢記着，繼續寫多點，因為我知道他會看呢。

區仲桃

主要參考文獻

主要英文參考書目

Abbas, Ackbar, *Hong Kong: Culture and the Politics of Disappearance* (Hong Kong: Hong Kong University Press, 1997).

Adams, Percy G., *Travel Literature and the Evolution of the Novel* (Lexington: The University Press of Kentucky, 1983).

Armstrong, Tim, *Modernism, Technology, and the Body: A Cultural Study* (Cambridge: Cambridge University Press, 1998).

Armstrong, Tim, *Modernism: A Cultural History* (London: Polity Press, 2005).

Ashcroft, Griffiths and Tiffin, *Post-colonial Studies: The Key Concepts* (London: Routledge, 2000).

Au, C. T. (Au Chung-to), *Modernist Aesthetics in Taiwanese Poetry since the 1950s* (Leiden, Boston: Brill, 2008).

Au, C. T. (Au Chung-to), *The Hong Kong Modernism of Leung Ping-kwan* (Lanham, MD: Lexington Books, 2020).

Baudelaire, Charles, *Complete Poems* (London: Carcanet Press Limited, 1997).

Baudelaire, Charles, *Selected Poems* (London: Penguin Books, 1995).

Bell, Michael, *Literature, Modernism and Myth: Belief and Responsibility in the Twentieth Century* (Cambridge: Cambridge University Press, 1997).

Bell, Michael, *Primitivism* (London: Methuen & Co. Ltd., 1972).

Benjamin, Walter, *Charles Baudelaire: A Lyric Poet in the Era of High Capitalism*. Trans. Harry Zohn (London: Verso, 1997).

Benjamin, Walter, *Illuminations*. Trans. Harry Zohn (London: Jonathan Cape Ltd.,1970).

Bradbury, Malcolm and James McFarlane, eds., *Modernism: A Guide to European*

Literature 1890–1930 (London: Penguin Group, 1991).

Brooker, Peter, ed., *Modernism/Postmodernism* (London: Longman Group, 1999).

Brooker, Peter, et al., eds., *The Oxford Handbook of Modernisms* (Oxford, New York: Oxford University Press, 2010).

Burke, Edmund, *A Philosophical Enquiry into the Origin of our Ideas of the Sublime and Beautiful* (Oxford, New York: Oxford University Press, 1990).

Calvino, Italo, *Invisible Cities* . Trans. William Weaver (London: Vintage, 1997).

Corngold, Stanley, trans. and ed., *The Metamorphosis* (New York: W. W. Norton & Company, Inc., 1996).

Faris, Wendy, *Ordinary Enchantments: Magical Realism and the Remystification of Narrative* (Nashville: Vanderbilt University Press, 2004).

Freud, Sigmund, *The Standard Edition of the Complete Psychological Works of Sigmund Freud*. Trans. and eds. James Strachey et al., vol. XVII (London: The Hogarth Press, 1964).

Frisby, David, *Cityscapes of Modernity: Critical Explorations* (London: Polity Press, 2001).

Grøtta, Marit, *Baudelaire's Media Aesthetics: The Gaze of the Flâneur and 19th Century Media* (New York: Bloomsbury Academic, 2015).

Hays, K. Michael, *Modernism and the Posthumanist Subject* (Cambridge, Mass.: MIT press, 1995).

Hill, Leslie, *Marguerite Duras: Apocalyptic Desires* (London: Routledge, 1993).

Holland, Patrick and Grahem Huggan, *Tourists with Typewriters: Critical Reflections on Contemporary Travel Writing* (Ann Arbor : University of Michigan Press, 1998).

Kluwick, Ursula, *Exploring Magic Realism in Salman Rushdie's Fiction* (London: Routledge, 2011).

Lehan, Richard, *The City in Literature: An Intellectual and Cultural History* (Berkeley: University of California Press, 1998).

Lemke, Sieglinde, *Primitivist Modernism: Black Culture and the Origins of Transatlantic Modernism* (New York: Oxford University Press, 1998).

Leung, Ping-kwan, *City at the End of Time: Poems by Leung Ping-kwan*. Ed. and Introd. Esther M. K. Cheung (Hong Kong: University of Hong Kong Press, 2012).

Leung, Ping-kwan, *Travelling with a Bitter Melon: Selected Poems (1973-1998)*. Ed. Martha P. Y. Cheung (Hong Kong: Asia 2000 Limited, 2002).

Lomová, Olga, ed., *Paths Toward Modernity: Conference to mark the centenary of Jaroslav Průšek* (Prague: The Karolinum Press, 2008).

Louie, Kam, ed., *Hong Kong Culture: Word and Image* (Hong Kong: Hong Kong University Press, 2010).

Lutwack, Leonard, *The Role of Place in Literature* (New York: Syracuse University Press 1984).

Mellen, Joan , *Literary Topics: Magic Realism* (New York: Gale Group, 2000).

Milne, Esther, *Letters, Postcards, Email: Technologies of Presence* (London: Routledge, 2010).

Mitchell, Timothy, *Colonizing Egypt* (Cal.: University of California Press, 1988).

Nixon, Rob, *London Calling: V. S. Naipaul and Postcolonial Mandarin* (Oxford: Oxford University Press, 1992).

Perkins, Maureen, *The Reform of Time: Magic and Modernity* (London: Pluto Press, 2001).

Pratt, Mary Louise, *Imperial Eyes: Travel Writing and Transculturation* (London: Routledge, 1992).

Průšek, Jaroslav, *The Lyrical and the Epic: Studies of Modern Chinese Literature* (Bloomington: Indiana University Press, 1980).

Relph, Edward, *Place and Placelessness* (London: Pion Limited, 1976).

Robertson, George, et al., eds., *Travellers' Tales: Narratives of Home and Displacement* (London: Routledge, 1998).

Said, Edward W., *Orientalism: Western Conceptions of the Orient* (London: Penguin Books, 1995).

Smith, Sidonie, *Moving Lives: Twentieth-century Women's Travel Writing* (Minneapolis: University of Minnesota Press, 2001).

Sweeney, Carole, *From Fetish to Subject: Race, Modernism, and Primitivism, 1919-1935* (Westport: Greenwood Publishing Group, 2004).

Takeda, Noriko, *The Modernist Human: The Configuration of Humanness* in *Stéphane Mallarmé's Hérodiade, T.S. Eliot's Cats, and Modernist Lyrical Poetry* (New York: Peter Lang Publishing, Inc, 2008).

Tester, Keith, ed., *The Flâneur* (London: Routledge, 1994).

Thompson, Carl, *Travel Writing* (London: Routledge, 2011).

Tilley, Christopher, et al., eds., *Handbook of Material Culture* (London: Sage, 2006).

Vidler, Anthony, *The Architectural Uncanny: Essays in the Modern Unhomely* (Cambridge, Mass.: MIT Press, 1992).

Warnes, Christopher, *Magical Realism and the Postcolonial Novel: Between Faith and Irreverence* (Basingstoke: Palgrave Macmillan, 2009).

Youngs, Tim, *The Cambridge Introduction to Travel Writing* (Cambridge: Cambridge University Press, 2013).

Zamora, Lois Parkinson and Wendy B. Faris, *Magical Realism: Theory, History, Community* (Duke: Duke University Press, 1995).

主要中文參考書目

也斯：《布拉格的明信片》（香港：青文書屋，2000）。

也斯：《灰鴿早晨的話》（台北：幼獅文化公司，1972）。

也斯：《灰鴿試飛：香港筆記》（台北：解碼出版，2012）。

也斯：《城與文學》（杭州：浙江大學出版社，2012）。

也斯：《後殖民食物與愛情》（香港：牛津大學出版社，2012）。

也斯：《香港文化十論》（杭州：浙江大學出版社，2012）。
也斯：《香港文化空間與文學》（香港：青文書屋，1996）。
也斯：《書與城市》（香港：香江出版公司，1985）。
也斯：《越界書簡》（香港：青文書屋，1996）。
也斯：《養龍人師門》（香港：牛津大學出版社，2002）。
也斯編：《六十年代文化剪貼冊》（香港：香港藝術中心，1994）。
也斯編：《香港文化》（香港：香港藝術中心，1995）。
大衛．哈維：《後現代的狀況——對文化變遷之緣起的探究》（北京：商務印書館，2013）。
孔安國傳，孔穎達疏：《尚書正義》（北京：北京大學出版社，2000）。
王德威：《抒情傳統與中國現代性》（北京：生活．讀書．新知三聯書店，2010）。
朱利安著，卓立、林志明譯：《間距與之間：論中國與歐洲思想之間的哲學策略》（台北：五南文化出版公司，2013）。
老子：《道德經》（香港：商務出版社，2002）。
吳俊雄、馬傑偉、呂大樂編：《香港 ‧ 文化 ‧ 研究》（香港：香港大學出版社，2010）。
李零：《人往低處走：〈老子〉天下第一》（北京：三聯書店，2008）。
李歐梵：《上海摩登：一種新都市文化在中國（1930－1945）》（上海：三聯書店，2008）。
周冠群：《遊記美學》（重慶：重慶出版社，1994）。
帕克著，國立編譯館主譯，王志弘、徐苔玲合譯：《遇見都市：理論與經驗》（台北：群學出版有限公司，2007）。
林庚編：《中國歷代詩歌選》（北京：人民文學出版社，1989）。
波特萊爾著，郭宏安譯：《惡之花》（桂林：廣西師範大學出版社，2002）。
阿姆斯特朗：《現代主義：一部文化史》（南京：南京大學出版社，2014）。
柳鳴九主編：《未來主義、超現實主義、魔幻現實主義》（北京：中國社會科學，1987）。

約翰・厄里著，葉浩譯:《觀光客的凝視》(台北:書林出版有限公司，2007 年)。
恩斯特・卡西勒:《人論:人類文化哲學導引》(台北:桂冠圖書股份有限公司，1997)。
馬奎斯著，楊耐冬譯:《百年孤寂》(台北:志文出版社，2001)。
馬泰・卡林內斯庫:《現代性的五副面孔——現代主義、先鋒派、頹廢、媚俗藝術、後現代主義》(北京:商務印書館，2004)。
馬歇爾・伯曼:《一切堅固的東西都煙消雲散了——現代性體驗》(北京:商務印書館，2003)。
高亨注:《詩經今注》(上海:上海古籍出版社，1980)。
張友鶴輯校:《聊齋誌異會校會注會評本》(上海:上海古籍出版社，1983)。
張友鶴選注:《聊齋誌異選》(北京:人民文學出版社，1978)。
張松建:《抒情主義與中國現代詩學》(北京:北京大學出版社，2012)。
張美君、朱耀偉編著:《香港文學 @ 文化研究》(香港:牛津大學出版社，2002)。
張雙慶、危令敦編:《情思滿江山　天地入沈吟:第一屆世界華文旅遊文學國際學術研討會文集》(香港:明報出版社有限公司，2008)。
梁秉鈞:《半途——梁秉鈞詩選》(香港:香港作家出版社，1995)。
梁秉鈞:《東西》(香港:牛津大學出版社，2014)。
梁秉鈞:《普羅旺斯的漢詩》(香港:牛津大學出版社，2012)。
梁秉鈞:《游離的詩》(香港:牛津大學出版社，1995)。
梁秉鈞:《蔬菜的政治》(香港:牛津大學出版社，2006)。
梁秉鈞:《蠅頭與鳥爪》(香港:MCCM Creations，2012)。
梁秉鈞編:《香港的流行文化》(香港:三聯書店，1993)。
陳世驤:《陳世驤文存》(瀋陽:遼寧教育出版社，1998)。
陳正芳:《魔幻現實主義在台灣》(台北:生活人文，2007)。
陳炳良:《形式、心理、反應——中國文學新詮》(香港:商務印書館，1996)。
陳炳良等編:《現代漢詩論集》(香港:嶺南大學人文學科研究中心，2005)。
陳素怡編:《也斯作品評論集》(香港:香港文學評論出版社，2011)。

陳素怡編：《僭越的夜行》，上卷（香港：文化工房，2012）。
陳素怡編：《僭越的夜行》，下卷（香港：文化工房，2012）。
陳國球：《抒情中國論》（香港：三聯書店，2013）。
陳國球：《情迷家國》（上海：上海書店出版社，2006）。
陳黎明：《魔幻現實主義與新時期中國小說》（保定市：河北大學出版社，2008）。
麥道威爾著，徐苔玲、王志弘譯：《性別、認同與地方：女性主義地理學概說》（台北：群學出版有限公司，2006）。
曾利君：《魔幻現實主義在中國的影響與接受》（北京：中國社會科學出版社，2007）。
費振剛選注：《古代游記精華》（北京：人民文學出版社，1992）。
集思編：《梁秉鈞卷》（香港：三聯書店，1989）。
黃洽：《〈聊齋誌異〉與宗教文化》（濟南：齊魯書社，2005 年）。
黃淑嫻、吳煦斌編：《回看　也斯（1949－2013）》（香港：康樂及文化事務處，2014）。
黃淑嫻編：《香港文化多面睇》（香港：香港藝術中心，1997）。
黃禮孩、江濤主編：《東西：梁秉鈞詩選》（北京：中國戲劇出版社，2012）。
葉輝：《Metaxy：中間詩學的誕生》（香港：川漓社，2011）。
鄒巔：《詠物流變文化論》（湖南：湖南人民出版社，2009）。
劉乃昌、高洪奎注譯：《蘇軾散文選》（香港：三聯書店，1991）。
劉勰著，范文瀾注：《文心雕龍註（下）》（北京：人民文學出版社，1998）。
樂蘅軍：《古典小說散論》（台北：大安出版社，2004）。
蔡英俊編：《抒情的境界》（台北：聯經出版事業公司，1982）。
鄭毓瑜：《文本風景：自我與空間的相互定義》（台北：麥田，2005）。
鄭樹森：《小說地圖》（台北：一方出版有限公司，2003）。
鄭樹森：《現代中國小說選 III》（台灣：洪範書店，1989）。
鮑曼著，張君玫譯：《全球化——對人類的深遠影響》（台北：群學出版有限公司，2001 年）。

蘇軾著，孔凡禮點校：《蘇軾文集》，第 2 冊（北京：中華書局，1986）。

期刊

Chakrabarty, Dipesh, "Postcolonial Studies and the Challenge of Climate Change," *New Literary History*, vol. 43, no. 1 (Winter, 1-18, 2012), pp. 1-18.

Featherstone, Mike, "The Flâneur, the City and Virtual Public Life," *Urban Studies*, vol. 35, nos. 5-6, 1998, pp. 909-925.

Slemon, Stephen, "Magic Realism as Post-Colonial Discourse," *Canadian Literature: A Quarterly of Criticism and Review*, no. 116 (Spring, 1988), p. 9-24.

也斯：〈盂蘭節〉，四季編輯委員會：《四季》，第 1 期，1972 年 11 月，頁 17－25。

也斯：〈馬蓋斯與「一百年的孤寂」〉，四季編輯委員會：《四季》，第 1 期，1972 年 11 月，頁 90－99。

王長順：〈士人「安貧樂道」價值標準的執着守望——《聊齋誌異．黃英》的文化解讀〉，《作家雜誌》，第 9 期，2009 年，頁 120－121。

王家琪：〈從八十年代初香港作家的中國遊記論本土的身份認同——以《素葉文學》為例〉，《臺大中文學報》，第 50 期，2015 年 10 月，頁 77－116。

四季編輯委員會：〈加西亞．馬蓋斯訪問記〉，《四季》，第 1 期，1972 年 11 月，頁 104－105。

田耕宇：〈由浪漫到平實：從文人關注視野與生活情趣的轉變看宋代文學的理性精神〉，《西南民族大學學報（人文社科版）》，第 1 期，2005 年 11 月，頁 79－85。

余君偉：〈家、遊、行囊——讀也斯的詩文〉，《中外文學》，第 28 卷，第 10 期，2000 年，頁 222－248。

李惠儀：〈世變與玩物——略論清初文人的審美風尚〉，《中國文哲研究集刊》，第 33 期，2008 年，頁 35－76。

周佩敏：〈梁秉鈞與他的食物詩〉，《文學世紀》，第 4 卷第 6 期（總第 39 期），

2004年6月，頁63－69。

尚丹：〈傳統的斷裂與回歸——《聊齋誌異·黃英》解讀〉，《長治學院學報》，第25卷第3期，2008年，頁47－49。

孫世權：〈異化的人性　扭曲的社會——再讀《變形記》與《促織》〉，《湖北經濟學院學報》，第8卷第8期，2011年8月，頁105－106。

徐文翔：〈《聊齋誌異》「人異戀」的三重境界——以《葛巾》、《黃英》、《香玉》為例〉，《柳州師專學報》，第26卷第6期，2011年，頁13－15。

翁文嫻：〈自法國哲學家朱利安「間距」觀念追探——也斯在中國詩學上打開的「間距」效果〉，《臺大中文學報》，第63期，2018年12月，頁155－190。

高桂惠：〈「物趣」與「物論」：《聊齋誌異》物質書寫之美典初探〉，《淡江中文學報》，第25期，2011年，頁69－94。

區仲桃：〈也斯旅遊文學中的多元角度〉，《中外文學》，第46期第1卷，2017年，頁45－75。

區仲桃：〈另一種旅程：試論也斯的逆向之旅〉，《文學論衡》，總第15期，2009年，頁56－64。

張火慶：〈聊齋誌異的靈異與愛情〉，《中外文學》，第9卷第5期，1980年，頁68－85 。

張宏:〈從黃英形象看蒲松齡的女性審美期待〉，《〈聊齋誌異〉研究》，2010年，頁24－31。

張芹玲：〈由愛生情葛巾來因愛生疑葛巾去——談葛巾來去〉，《〈聊齋誌異〉研究》，2006年，頁63－68。

梁秉鈞：〈從緬懷的聲音裏逐漸響現了現代的聲音〉，《素葉文學》，第5期，1982年，頁26－30。

陳正芳：〈淡化「歷史」的尋根熱——重探大陸新時期小說的魔幻現實主義〉，《中外文學》，第38卷第3期，2009年，頁115－148。

陳正芳：〈魔幻現實主義在台灣小說的本土建構：以張大春的小說為例〉，《中外文學》，第31卷第5期，2002年，頁131－164。

陳立漢、牛文明：〈傷心人別有懷抱——《變形記》與《促織》比較〉，《寧夏師範學院學報》，第 28 卷第 5 期，2007 年 9 月，頁 123－124。

陳國球：〈「抒情」的傳統——一個文學觀念的流轉〉，《淡江中文學報》，第 25 期，2011 年 12 月，頁 173－198。

陳祥梁：〈《變形記》與《促織》〉，《福建師大福清分校學報》，第 3 期（總第 36 期），1997 年，頁 56－57。

陳翠英：〈《聊齋誌異．黃英》在日流播：文本改寫與文化傳釋〉，《臺大中文學報》，第 47 期，2014 年 12 月，頁 185－240。

黃錦樹：〈抒情傳統與現代性：傳統之發明，或創造性的轉化〉，《中外文學》，第 34 卷第 2 期，2005 年，頁 157－185。

黃麗卿：〈《聊齋誌異》狐仙「形變」之意義〉，《淡江人文社會學刊》，第 25 期，2006 年 3 月，頁 20－49。

黃麗卿：〈變異與恆常：《聊齋誌異》思想的核心價值〉，《鵝湖月刊》，第 33 卷第 8 期（總號第 392），2008 年，頁 46－55。

楊存昌、崔柯：〈從「寓意於物」看蘇軾美學思想的生態學智慧〉，《山東師範大學學報》，第 6 期，2006 年，頁 65。

萬姍姍：〈人．蟲．社會的悲哀——《變形記》和《促織》中「人變蟲」的比較〉，《江西電力職業技術學院學報》，第 16 卷第 4 期，2003 年，頁 37－41。

葉晗：〈異化的先聲——《促織》和《變形記》比較談〉，《杭州應用工程技術學院學報》，第 11 卷，第 1、2 期，1999 年 6 月，頁 112－116。

賈建鋼、李紅霞：〈穿越文本的文化洞觀與符號詮釋——文化傳統與符號批評視野中的《聊齋誌異．黃英》詮解〉，《〈聊齋誌異〉研究》，2011 年，頁 52－57。

趙玉柱：〈「變形」背後的中西方審美心理差異〉，《德州學院學報》，第 23 卷第 3 期，2007 年 6 月，頁 17－19。

劉湘吉：〈「君子固窮」觀念與新價值觀念之較量——從《聊齋誌異．黃英》談起〉，《作家雜誌》，第 7 期，2011 年，頁 126－127。

劉燕萍〈神話、成長與復生——論也斯《養龍人師門》〉，《文學論衡》，第 27

期，2015 年，頁 15－23。

潘立勇、陸慶祥：〈宋代美學的休閑旨趣與境界〉，《浙江大學學報》，第 43 卷第 3 期，2013 年，頁 144－154。

潘立勇：〈宋代休閑文化的繁榮與美學轉向〉，《浙江社會科學》，第 4 期，2013 年，頁 127－133。

鮑慶忠：〈《促織》與《變形記》的比較研究〉，《宿州師專學報》，第 18 卷第 1 期，2003 年，頁 52－53。

韓璽吾：〈《促織》與《變形記》：荒誕的背後〉，《湖北師範學院學報》，第 27 卷第 1 期，2007 年，頁 36－40。

譚紅玲：〈溫柔鄉中的堅持——淺析《葛巾》和《黃英》中表現的女性自我意識〉，《〈聊齋誌異〉研究》，2009 年，頁 54 — 58。

黨天正：〈古代詠物詩五探〉，《寶雞文理學院學報》，第 20 卷第 2 期，2000 年 6 月，頁 51－55 。

報章

李歐梵：〈憶也斯〉，《明報》，〈世紀版〉，2013 年 1 月 9 日。

黃淑嫻：〈書展年度作家：也斯及他的香港一度虛擬展覽旅程〉，《明報》，〈副刊〉，2012 年 7 月 15 日。

網上文章

飛虎：〈像西西這樣的香港女作家〉，《文匯資訊》（http://info.wenweipo.com/index.php?action-viewnews-itemid-47076），2011 年 7 月 22 日，瀏覽日期：2017 年 7 月 17 日。

黃偉傑、張威敏及蕭劍峰：〈養龍神話的魔幻化重寫：讀也斯《養龍人師門》〉，2009 年，「神話與文學論文選輯 2008－2009」，Digital

Commons@Lingnan University，嶺南大學網頁（http://commons.ln.edu.hk/chin_proj_4/11/），瀏覽日期：2017 年 7 月 17 日。

鄧小樺：〈無法直述的我城——評韓麗珠、謝曉虹《雙城辭典》〉，2012 年 9 月 16 日，鄧小樺網誌（http://tswtsw.blogspot.hk/2012/09/blog-post_16.html），瀏覽日期：2017 年 7 月 17 日）。

文化香港叢書

主編 朱耀偉

東西之間

梁秉鈞的中間詩學論

區仲桃 著

責任編輯 白靜薇 **裝幀設計** 黃希欣 **排　版** 時潔 **印　務** 劉漢舉

出版

中華書局（香港）有限公司

香港北角英皇道四九九號北角工業大廈一樓 B

電話：（852）2137 2338

傳真：（852）2713 8202

電子郵件：info@chunghwabook.com.hk

網址：http://www.chunghwabook.com.hk

發行

香港聯合書刊物流有限公司

香港新界荃灣德士古道 220-248 號

荃灣工業中心 16 樓

電話：（852）2150 2100

傳真：（852）2407 3062

電子郵件：info@suplogistics.com.hk

印刷

美雅印刷製本有限公司

香港觀塘榮業街六號海濱工業大廈四樓 A 室

版次

2020 年 12 月初版

規格

16 開（230mm × 170mm）

ISBN

978-988-8676-71-2

香港藝術發展局

Hong Kong Arts Development Council 資助

香港藝術發展局全力支持藝術表達自由，本計劃內容並不反映本局意見。